《眺望卡斯拉诺》 1925 年　黑塞绘

冬日，寄自南方的一封信

至少此地现在还有阳光，我们仍享受着阳光的热情

《提契诺的村庄》 1923 年　黑塞绘

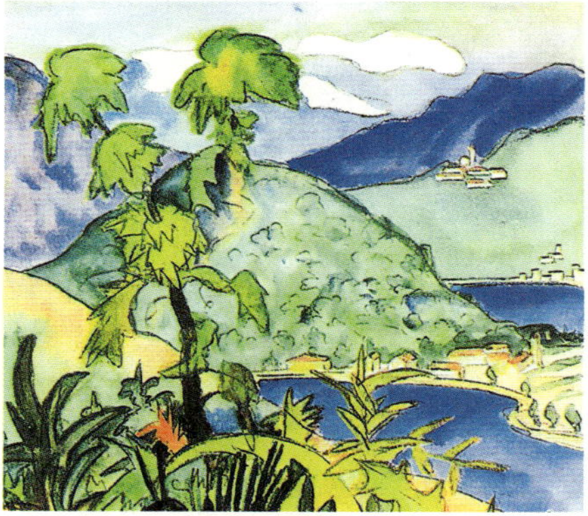

《从卡拉比耶塔远眺》 1925 年　黑塞绘

我走入宁静蔚蓝的日子

In den stillen blauen Tag hinein

[德] 赫尔曼·黑塞 著　窦维仪 译

SPM 南方传媒
广东人民出版社
·广州·

Hermann Hesse malt
im Tessin

黑塞在提契诺州乡村户外作画

我用掉的好画纸达数百卷，挤干了许多颜料，只为了用水彩及钢笔来画一间老屋、空心砖檐、花园围墙、远近山峰，以表达我的敬仰。

Hermann Hesse malt
im Tessin

黑塞在提契诺州乡村户外作画

我用掉的好画纸达数百卷，挤干了许多颜料，只为了用水彩及钢笔来画一间老屋，空心砖墙，花园围墙，远近山峰，以表达我的敬仰。

In den stillen blauen Tag hinein

山丘上的小教堂

| 1922 年 | 黑塞绘

就像山岳湖泊，就像深峭的山谷、俏皮的钟声、林中绿荫下的小酒馆、山坡上古老的赏鸟塔一样，教堂属于这块土地，在它们的庇荫之下，生活非常惬意，即使像我这样的异教徒，也深受福泽。

——《提契诺的教堂》

In den stillen blauen Tag hinein

村　庄

| 1932年 | 黑塞绘

整个夏天，所有山坡上和低丘里的森林，都是一片深浅不同的翠绿、蓊绿、苍绿，若不是缤纷亮丽的村庄点缀其间，若不是远方几座俯视着的皑皑雪山，此地的风景恐怕过于单调。

——《五月栗林》

死亡，竟也可以如此美好

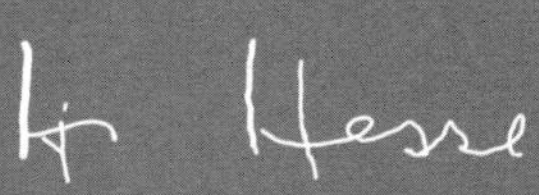

目　录 *Katalog*

我走入宁静蔚蓝的日子

《屋内与书》 1922年　黑塞绘

屋外野樱草和小菊花盛开，陌生人成群结队的黑影在原野中穿梭晃动时，我躲在斗室里，阅读令人欲罢不能的书。

我想找寻一处避难的桃花源

蒙塔诺拉四十年

四十一年前，当我想找寻一处避难的桃花源时，我第一次来到蒙塔诺拉，并租了一幢小屋。当时，小阳台下晚开的木兰树旁是一株巨大的南欧紫荆，树上开着花，而我正值“人生最美好的年华”，但四年大战却使我破产并深感挫败，我不得不思考着重新出发。那时候的蒙塔诺拉是个小村庄，虽不像同地区的村庄那么贫穷卑微，但仍是个平凡、安静的小地方，村里有几座古时遗留下来的华宅，以及三座新式农庄，大致看来还是农村景色。几十年后的今天，我不再英姿焕发，而是个风烛残年的老人；我不想从头开始，也很少离开自己的土地，而且在下方圣安波迪欧墓园里买了一块好地。蒙塔诺拉已不再是村庄，也不再拥有农村的味道，它摇身一变，成为一个小卫星城，人口增加了三四倍。城里有公营邮局、商店、咖啡厅和书报摊，为了纪念汉姆生[1]，我们私下叫它“帆船之城”。

就这样，岁月飞逝，人事皆非，令人无奈。然而，这几十年来我在蒙塔诺拉经历了无数美好事物，从克林索尔闪亮的夏日，以至今天，我都该感谢这个村庄和此地的风景。我一再将我的感激诉诸文字，经常反复歌颂这里的山岳、森林、葡萄园与谷中之湖，另外还有克林索尔屋内的小阳台及大紫荆树，那是我生平见过的最大紫荆，但却在一场焚风中折断，因此我以文章来咏赞它。我用掉的好画纸达数百卷，挤干了许多颜料，只为了用水彩及钢笔来画一间老屋、空心砖檐、花园围墙、远近山峰，以表达我的敬仰。此外，我也栽下了一些树和灌木，在森林边则种了竹林和花。我希望，虽然我不是在提契诺出生，但圣安波迪欧的泥土，应该会像克林索尔广场和山坡上的红屋一样，快乐地接纳我。

（1960 年）

1. 克努特·汉姆生（1859—1952），挪威作家，1920 年诺贝尔文学奖获得者。

来到此地，享受寂寞岁月

在提契诺重生

我不再因为离开伯尔尼而难过了。我明白，自己只能选择一种生活：如果要将文学创作放在第一位，那么我只能生活于文学之中，无法顾及家庭的离散，无法为经济或其他事情烦恼。如果做不到，那么我的人生将失去希望。我前往卢加诺，在索雷尼奥住了几个星期，希望能找到好地方，于是发现蒙塔诺拉的卡萨卡木齐[1]，并于1919年5月搬至此地。我从伯尔尼只运来了书和书桌，其他的家具都是租来的。在这间此生最后的小屋里，我住了十二年，前四年从没离开过，后来则只在温暖的季节才住这里。

1. 卡萨卡木齐，黑塞在提契诺生活期间居住的小城堡。

这幢美丽无比的房子对我意义深远。就某方面而言，这是我曾拥有或曾住过的房子里，最美丽、最与众不同的。当然，房子并不属于我，整幢大房子里，我只租下其中四间小公寓，我不再是房子的主人或一家之主，不再拥有房子、孩子及仆人，不必寻找狗或整理花园；现在，我是个一贫如洗的小文人，一个衣衫褴褛、神秘兮兮的陌生人，以牛奶、米、意大利面维生，秋天在森林里捡栗子当晚餐，老西装穿得磨破了边。然而，我的实验成功了。虽然这几年来，日子并不好过，但这段时光是美好、丰富的。仿佛从多年梦魇里醒来一般，我尽情享受自由、空气、阳光、寂寞以及创作。第一年夏天，我写了《克莱因与瓦格纳》及《克林索尔的最后夏天》两部小说，这令我心情舒畅，于是那年冬天，我接着展开《悉达多》的创作。我重新振作，集中精神工作，几年来的“戎马倥偬”并未扼杀我的精神或将我毁灭，这原是我担心的。坦白地说，若不是许多朋友一直慷慨地接济我，我绝对无法在工作上有所成就；如果没有温特杜尔的朋友和亲爱的暹罗人的协助，那么也不会有这一切；而崑诺将我的儿子布鲁诺接去同住，对我而言，更是最大的帮助。

就这样，过去的十二年岁月中，我住在卡萨卡木齐，当地的花园和房子在小说《克林索尔的最后夏天》及其他创作中一再出现。我曾描述过房子不下十几次，也曾仔细研究它复杂、随性的形状。尤其是去年和前几年的夏天，我画下阳台、窗户、露台一角及园中曼妙无比的屋檐与墙垣。我的“皇宫”，是一幢模仿巴洛克式的打猎行宫，是七十五年前某个提契诺建筑师信手拈来之作。除了我之外，还有其他几位房客住在这儿，但我相信，没有人比我住得更久（可笑），也没有人像我一样挚爱它，像我一样将它当成第二故乡似的定居下来。那与众不同的建筑师灵感洋溢，兴高采烈地克服了地形的障碍，使这幢华丽又滑稽的“皇宫”拥有特别的外表。华丽如歌剧院的贵族式楼梯从房子正门一直延伸到花园，花园里有许多露台，露台上又有楼梯、圆拱及墙垣，一直通往下方的山谷；园中的南方树木有着古典、气派、豪华的外形，枝叶交错，紫藤、葡萄藤蔓繁盛茂密。从村子里，几乎看不见这幢房子；若在山谷下方，则可看见梯形山墙及小尖塔耸立在宁静的森林山坡上，那简直就是艾辛多夫小说中的田园行宫。

当然，这十二年来也有些变化，改变的不只是我的生活，还有房子及花园。花园中那株我毕生所见最大的华丽南欧紫荆，每年五月初到七月时分总是繁花似锦，秋天时则会长出怪异的紫红色果荚；然而，在某个秋夜，它成了狂风的祭品。小说《克林索尔的最后夏天》中那棵巨大的夏日木兰紧挨着我的小阳台，白色的大花朵宛如花仙，几乎就要伸进屋内，结果有人竟趁我不在时，砍去了它。有一次，我离开提契诺很长一段时间，等春天从苏黎世返回时，可爱的旧大门竟然不见了，有人用砖墙将门封了起来，我一下子失了神，像做梦般地站在门前找不到入口，之前根本没有人告诉我房子要稍作修建。

尽管有这些小改变，我依然挚爱这幢房子。在这里，我独居着，不再扮演丈夫或父亲的角色。在遭遇人生重大挫折后，我在艰苦的那几年苦苦思索，经常觉得困苦、绝望，来到此地，我享受着无数的寂寞岁月，同时也因孤苦写了许多作品，画了许多画，但那都只是聊以自慰的绚丽幻影；我与这里的一草一木结下了不解之缘，这是自少年以来在别处未曾有过的经历。为了回报房子给我的一切，我一次又一次地描绘它，歌咏它，尝试以不同方式来表达我的感激之情。如果一直离群索居，我将无法结识新的生活伴侣，那么也就不会离开卡萨卡木齐了。其实，住在这里，对上了年纪、身体不健朗的人而言，并不舒适；这间房子尽管如诗如画，却让我在冬天时冻坏了，同时还得承受其他各式各样的辛苦。因此，过去几年来，我不断考虑着，也许得买、租或盖个房子，好让自己能享有舒服、健康的晚年，但一切仅止于想象罢了。这纯粹只是一种期望，想想就算了。

然而，美丽的童话终于成真。1930 年春夜，我们在苏黎世“方舟”酒馆里小坐聊天，聊着房子与建筑，我提起脑中不时浮现的愿望——房子。突然，好友 B 笑着对我喊道:“你该拥有个房子！”

尽管他这么说，我只把这话当成晚上喝酒时的小玩笑。但玩笑成真了，当时我们轻率幻想的房子，如今耸立眼前，它宽敞、美丽无比，足供我有生之年居住。我再次从头开始，这次是“一辈子”的房子，应该不会错吧。

（1931 年）

山隘

风吹过陡直坚实的小径，树与灌木被抛在身后，只见石头与青苔独占山头。人类尚未入侵这片净土，这里没有人类的份。在这里，即使是农人也找不到粮草或木材。远方呼唤着，点燃了殷殷的思念；这可爱的小径越过山崖、沼泽与皑皑白雪，引人来到另一座山谷、另一个村落，接触另一种语言、另一群人们。我在山隘高处小歇片刻。山路缓缓下降，两侧潺潺流水相随。在这高处驻足，几乎能找到通往两个世界的路。脚下的这条小河流向北方，注入远方寒冷的大海；另一侧雪融之水则落向南方，在亚得里亚海入洋，最后漂向非洲大陆。然而，世界上所有的川流，最后总会汇集在一起，北极冰海与尼罗河终会一起转为潮湿的云。这古老又美丽的平衡，平添此刻的神圣之感；对于像我这样的游子而言，每一条路都是回家的路。

此时，我的目光仍有选择的余地。北方与南方仍在视线范围之内，再走个五十步，就只能看到南方了。南方的气息从蓝色山谷里神秘地向我吹送而来，我的心跳竟与之相应和。我期待着那儿的湖水及林园、那儿的葡萄与杏果的芳香，我仿佛听见那渴慕已久且带着朝圣意味的古老传说。

远方山谷传来的声响，唤起年少的回忆。我曾因首次南方之旅而深深陶醉；曾在湛蓝湖畔深深吸入浓郁的田园芳香；某个夜里，曾在异乡苍白雪山下，竖耳倾听远方家乡的音讯；也曾在古老文明圣殿石柱下，许下第一次祝祷；更难忘的，是初见棕色岩岸后大浪如雪时的美景。

如今，我已不再如痴如醉，也不再想将远方的美丽及自己的快乐和所爱的人分享。我的心已不再是春天；我的心，已是夏天。异乡对我的呼唤不同于以往，它在心中回荡的声音，也较以往沉静。我不再雀跃地将帽子抛向空中，也不再欢唱。但我微笑；我不是以唇微笑，而是用心灵、用眼睛、用每寸肌肤微笑。现在，面对着香气袭人的土地，我比当年首次邂逅时更优雅，更内敛，更深刻，更洗练，也更心存感激。如今的我，比以前更融入这南国的一切，而它也为我娓娓诉说更丰富、更详尽的故事。我的思念，不会再为朦胧的远方增添梦幻的色彩。我的眼光满足于所见的事物；因为学会了看，从此世界变美了。

世界变美了。我孤独，但不为寂寞所苦。我别无所求。我乐于让阳光将我完全晒熟，我渴望成熟。我迎接死亡，乐于重生。世界变美了。

（1918 年）

山村

这是山南的第一个村子。在此，正式展开我热爱的流浪生涯。我漫无目的地游荡着，在阳光下小憩，自由自在地四处悠游；我带着一只背包走遍天涯，即使裤管磨出了陈旧的毛边，依然乐此不疲。

我请酒馆将葡萄酒送到屋外，突然想起费卢西奥·布索尼的话："你看起来很有乡土气息。"不久前在苏黎世碰面时，这老好人以嘲讽的口气如此形容我；当时安德正担任马勒交响乐团的指挥，我们在常去的餐厅聚会。我很高兴想起费卢西奥苍白得像鬼的脸，以及他那活跃的反世俗主义意识，如今这样的人已十分罕见。为何此时会想起这件事？我明白了。其实，我所想的不是费卢西奥，不是苏黎世，也不是马勒交响乐团。通常在唤起不愉快的回忆之前，总会先想起一些无伤大雅的事，这是记忆常有的错置。我明白了！当时在餐厅里有位金发红颊的年轻女子，我并未与她交谈。然而，她就像个天使，看着她，既是一种享受，也是一种痛苦。那一个小时里，我的确爱上了她；我仿佛又回到了十八岁。

突然间，我恍然大悟。风情万种的金发美女，我已忘记你的芳名，但当时我的确爱上了你。在这阳光下的乡间小路，那对你一小时的爱被再度激起。没有人比我更爱你，我给予你支配我的权力，毫无条件的权力。然而，我天生不是忠实的情人，我用情不专。我爱上的不是女人，而是爱情。

流浪者天生如此。流浪的冲动和浪迹天涯本身就是一种爱情、一种情欲。旅行的浪漫，一方面无非来自对冒险的期待，另一方面则是潜意识里的冲动，想将官能上的欲望升华，任其化为烟云，消失无踪。身为流浪者，我们总将爱情深藏，只因爱情无法实现；

我们总将本该献给女人的爱，任意投诸村庄、山岳、湖泊、山谷、偶遇的孩童、桥上的乞丐、草原上的牛群、鸟儿与蝴蝶，我们将爱情与爱的对象分开，对我们而言，爱情本身已经足够。就如同我们流浪并不是为了寻找任何目标，纯粹只想享受流浪本身，纯粹只为了流浪而流浪。

脸庞洋溢着朝气的妙龄女郎啊，我不想知道你的芳名，不想刻意经营对你的爱，那将让爱泛滥，那将令我生厌。你不是爱情的终点，只是爱情的原动力。我将这爱情献给路旁的花朵，献给玻璃酒杯里摇晃着的晶亮阳光，献给教堂的红色圆顶。因为你，我爱上了这世界。

啊，这全是一派胡言。今夜在山里的茅屋，我才梦见那金发美女的。我毫无缘由地爱上她，如果她在我身旁，我愿放弃流浪的快乐，伴她度过余生。因为她，我才有兴致饮酒、吃饭；因为她，我才有动力在小村庄里描绘钟塔；因为她，我感谢上苍——感谢她的存在，感谢让我能遇见她；因为她，我写诗，并任这杯红酒令我沉醉。

我在这晴朗的南方的小憩，注定要献给对山那一边的金发女郎的思念。她那清纯的双唇多么美丽！而可悲的人生，又是多么美丽，多么无奈，多么令人痴迷！

（1919年）

农庄

再次见到阿尔卑斯山下这备受赞扬的地方时，我有一种久经放逐后重新返家的感觉，仿佛我终于在山中找到了属于自己的地方。这里的阳光更内敛，山色更殷红，到处长满了栗树、葡萄藤、杏树与无花果树；这里的村民清寒但和善有礼，他们行为端正，彼此相处融洽，这似乎是他们的天性；这里的屋舍、墙垣、葡萄梯田、道路、植物与露台，看起来不新不旧，未经人工刻意雕琢，就像岩石、树木和青苔一般，完全与大自然和平共存。所有的葡萄园墙垣、屋舍和屋顶，都以棕色片麻岩砌成，一切搭配和谐，没有突兀、粗糙或丑陋之处，处处都是愉悦、亲切与友善。随意坐在墙垣、岩石、树干或草地上，环绕身边的，是一幅画或一首诗，周遭交织成一篇美丽愉悦的乐章。

这里有座贫农的农庄。他们并未养牛，只养了猪、山羊或鸡，另外还种了葡萄、玉米等水果与蔬菜。整座房子包括地板、阶梯，都是由石头砌成的，石梯穿过两根石柱向中庭延伸；草丛、石块间，到处可望见湖水那迷蒙的蓝色。

此时，所有的思绪及烦恼似乎都被抛在山的那一边了。过去，凡尘俗事浪费了我太多的心神，在那样的生活中，即使困难重重，仍不得不为生存寻找理由。然而，还有不同的生活方式吗？厄运连连，使人变得意志消沉。但在此地，完全没有这些问题，更无须为生存寻找任何借口，而思考只是一种有趣的游戏。在此地，只令人感觉到世界何其壮丽，尽管人生苦短，但希望并未就此终止。我希望多一双眼睛、多一个肺；我希望伸入草丛中的脚能再长长一些；我希望自己是个巨人；我希望自己的头能和高山牧场上的皑皑白雪同高，能看见那儿的羊群；我希望脚趾能伸进湖的深处噗噗作响；我希望自己就这样或躺或坐地融于自然之中，任手指间蔓生着草丛，发间绽放着阿尔卑斯玫瑰，且让我的膝成为丘陵，让身上躺着葡萄园、屋舍与教堂。如此，我将躺卧千年，天空、湖水尽在我微闭的眼帘间。当我打喷嚏时，将引起一阵狂风暴雨；轻呼一口气，则积雪融化、河水奔流；我亡，则世界也随之消灭，那么，我将航向大洋，寻找另一个新的地球。

今夜，我将夜宿何处？并不重要。这世界又将如何？是否将有新的神祇、新的法则、新的自由出现？也不重要。重要的是山上盛开着黄花九轮草，绿叶间垂吊着银色小香菇，轻柔甜美的风在山下的白杨树间歌唱。金色的蜜蜂在我的双眸与天空之间嗡嗡飞舞，它们嗡嗡唱着欢乐之歌、永恒之歌。它们的歌，就是我的世界史。

（1919 年）

所 有 的 极 端 与 对 立 都 告 消 失 之 处 ， 即 是 涅 槃

红屋

红屋啊，从你那小花园和葡萄园里，传来了整个南阿尔卑斯山的芳香。我曾多次经过你门前，但第一次与你邂逅，你就打动我那带着流浪狂热的心，令我突然出现完全相反的念头。再一次，我心中响起那古老熟悉的心曲：想拥有一个家，拥有一间环境宁静、苍翠花园围绕四周、可俯瞰山下村庄的小屋；小屋东面放着床——我专用的床，西面放着书桌，我早年在布雷西亚[1]旅行时买的那尊小小的古老圣母像，也将挂在那儿。

---

1. 布雷西亚，意大利北部城市，拥有众多中世纪教堂和博物馆、美术馆。

如同白昼在早晨与夜晚之间出现一样，我的生命就在流浪的冲动与对家的渴望中度过。也许，有朝一日我能达到那样的境界，将流浪与异乡隐秘于心，将景致留驻于心，无须只为了亲自去体验而流浪。也许，我能把家乡藏在心中，不再眷顾红屋与花园，心中自有故乡。如果真能如此，生命将截然不同！生命若有重心，所有的力量将从中散发。

然而，我的生命正是缺乏重心，在一连串的极端之间摇摆、晃荡，一会儿渴望安定的家，一会儿渴望漂泊；忽而希冀寂寞与修道院，忽而渴望爱情与人群；曾收集无数书画，却又一一送出；曾纵情放浪，但又转为禁欲修行；曾信仰生命，崇尚生命为一切之本，但又看穿所谓生命，不过是为了满足肉欲享受而存在罢了。

但改变自己不是我的责任，我仰赖奇迹出现。倘若有人想找寻奇迹、引导奇迹、协助奇迹发生，奇迹反而会从身边溜走。我的宿命，是飘浮于许多相互牵制的极端中，与奇迹擦身而过。我的宿命，是永不满足并饱受流离之苦。

绿意中的红屋啊，我曾体验过你的，无须再度体验。曾经，我拥有过家；曾经盖起一间房子，测量墙垣和屋顶，开辟花园小径，并在墙上挂起自己的画。每个人都有这样的冲动，我也是，我有幸曾经历过一回。此生之中，我实现了许多愿望：立志当一位诗人，就如愿成为诗人；想拥有房子，果然就盖了一间；想拥有妻儿子女，也能心想事成；想将自己的想法告诉人们，并对人群产生影响，也如愿实现。这些愿望一一完成了，但我却很快感到厌倦，而厌烦正是我所无法忍受的，于是我开始对作诗产生怀疑，开始嫌弃房子太小。无法达成的目标才是我的目标，迂回曲折的路才是我想走的路，而每次的歇息，总是带来新的向往。等走过更多迂回曲折的路，等无数的美梦成真后，我才会感觉失望，才会明白其中的真义。

所有的极端与对立都告消失之处，即是涅槃。我所向往、渴慕的那颗星，依然在我心中熠熠闪烁。

（1919 年）

南方夏日

在暴发户仍可自由自在旅行的太平盛世（第一次世界大战前），夏天的南方未曾出现他们的踪迹，因为无稽的谣言说，夏天的南方酷热难耐，各式各样的病痛无所不在。于是，他们宁愿留在北方，或者前往阿尔卑斯山上两千米高处的旅馆里，挨冻度过溽暑。但现在不同了，有幸能把身家性命和国难财转移到南方的人，就在此地留了下来，在上帝恩赐的阳光下，分享南方的夏日，而我们这些长年在外的德侨则完全隐匿了起来，我们满面愁容，衣裤磨损，也没资格代表德国。这项荣耀该让贤给那一群趁早就把钱偷偷汇到国外，已在此地买下房子、庄园和公民权的暴发户。

太阳无视这些琐事，依旧东升；广大无垠的栗树林中，鸟儿依旧引吭高歌。我将一块面包、一支笔、一本书及一条泳裤塞进袋里，走出村子，前往森林与湖畔度过夏日。林中繁花落尽，树枝上结满多刺的小果实，越橘结果季节已过，黑莓则正开始，处处可见其踪影。

放眼望去，四下都是可爱的花草、青苔、蕈菇，我不知道它们的名字，但一直想认识它们，因而决定带一本好的植物学字典同行，坐拥美丽花丛，静静地研究。这个决定，就像曾有过的念头：有一天，找个小庄园定居下来，种点菜，不再幻想篱笆外的世界。这样的心意很美，也带给自己快乐，但生命似乎太过短暂，无法一一实现。人生苦短，南方之夏更是异常短暂。在此地，一年之中有好几个月不必为寒冷与柴火发愁，而夏日只拍动一下它那既短暂又贪婪的金色羽翼，就飞快地逝去了，仿佛连星星、月亮、太阳也感受到来日不多，因而快速地多转了一圈。可怜的人类也一样，在稍纵即逝的焰火中与大自然同歌共舞。森林深处藏着完美而神秘的宝藏——农人们凉爽的小酒窖。假日或夜晚时，玩波西卡球，与和善的村民啜饮农人自酿的葡萄酒，吃面包，谈天说地，我度过了温暖、宁静、肃穆的傍晚，日子充满了夏日的芳香、哀伤、孤寂、哲思与童稚。

午休后，我躺在森林阴影下、越橘丛或绣线菊丛里，许久不愿起身。我哼着德语歌或意大利语歌，读着随身携带的黑色封皮书，对我而言，此时的此地，是全世界最美丽的地方。我带的书是《阿尔玛伊德·黛特蒙》，作者为法国人弗朗西斯·耶麦，那是一本来自人间乐园、充满爱与欢乐的书。

傍晚是前往湖边的时刻，该找个长着芦苇和小树丛的地方走走。湖以温热的舌头舔着傍晚热气四溢的湖岸，河口处，腿和钓竿一般纤细的渔翁一边打盹儿，一边拉着长长的钓线。黄昏染红了西边的山头，世界笼罩在黄昏金色的迷眩中，此刻，心中的痛楚变成了甘美。我让已晒成古铜色的脊背沐浴在阳光之下，直到太阳隐没在某座山头之后。这潭好水沁凉了我饥饿的躯体，小河令我的双足凉爽。纵有再多愿望，最后总是成空；生命何其可悲，我们何其愚痴地忍着悲哀过日子。

在村中享用米饭或通心粉，在小酒馆以面包佐葡萄酒，是时候该想想自己身在何方了。踏上灯光明亮的乡间道路缓缓走回家，从人行步道拾级而上，穿过黑黝黝的森林，白日的暖气被森林圈住，浓稠得像蜂蜜般令人陶醉。走过草中幽径，谷物、葡萄累累成串。我朝着富裕米兰人家的花园别墅走去，绣球花在明月高挂的夜晚，放射着魔幻般的白色可爱光彩。回到落脚的村庄时，已是午夜时分，层层乌云后露出皎洁的月光，黑暗树林里，玉兰花散发着浓郁的柠檬般芳香，山下湖中闪烁着村庄里的万家灯火。

月行中天，好像上紧发条的挂钟指针般匆忙；一旦钟忽然出故障了，指针便像长跑健将一样，疯狂地绕着钟面飞奔。人生苦短，我们却费尽思量，无所不用其极地丑化生命，让生命更为复杂。仅有的好时光，仅有的温暖夏日与夏夜，我们当尽情享受。玫瑰花及紫藤已开开落落了两回；白日渐短，每个树林、每片叶子都带着惆怅，轻叹着美景易逝。晚风徐徐，拂过窗前树梢，月光洒落在屋内的红色石板上。故乡友人别来无恙？你们手中握着的是玫瑰还是枪弹？你们是否依然安好？你们写给我的，是友善的信，还是谩骂我的文章？亲爱的朋友们，一切悉听尊便，但无论如何，请切记：人生苦短。

（1919 年）

至少此地现在还有阳光，我们仍享受着阳光的热情

冬日，
寄自南方的一封信

亲爱的柏林朋友们：

此地的夏天自成一格。那些把卢加诺的高级旅馆全订光的同胞，瑟缩在湖边梧桐树的阴影下，思念着远方北海边的奥斯滕德。然而，你们的朋友却只要在背包里放一块面包，就可享受美好夏日。炎热的夏日如此飞逝，一去不返。

至少此地现在还有阳光，我们仍享受着阳光的热情。十二月底某日上午十一点左右，在枝叶稀疏的树林里，我在某个可避风的角落，面对着太阳写这封信。

下午三四点之后，天气开始变冷，远山笼罩在紫色暮霭之中，天空变得明亮；在这里，只有冬天才能看到这种景象。我快冻僵了，必须把柴火放到火炉中，这一天的其余时光，我将窝在火炉前的那一小块地方。人们早睡晚起，但阳光普照的中午时分还是属于我们的，因为阳光将我们晒得暖洋洋的。此时，躺在草地上的落叶堆里，聆听冬风呼啸，静观近处山上皑皑白雪融化流淌。偶尔，在草丛或栗树枯叶中仍可发现生命——冬眠的小蛇或刺猬。树林里，也仍能找到一些栗子，我拾起些许，打算晚上放在火炉上烤。

那些在夏天思念北海岸奥斯滕德的暴发户，似乎十分惬意。

他们判若两人，成了人上人。不久之前，我有幸参与他们的生活，应邀前往此地最大的饭店，参加午宴。于是，我穿上最体面的西装，来到富丽堂皇的大饭店，膝盖上的破洞还是我的女管家前一天晚上用蓝色毛线补好的。我看起来还算可以，门房果真毫不刁难就让我进去了。穿过静悄悄的玻璃门，我轻轻地滑进大厅，就像游入华丽的水族箱一般。大厅里摆着很气派的真皮沙发和丝绒沙发，偌大的空间里，暖气调得温暖怡人，令人有种错觉，仿佛置身于锡兰的加勒法司饭店里。在这里，处处可见衣着光鲜、发国难财的暴发户带着贵妇坐在沙发里。他们在此做什么？维护欧洲文化？是的，这个遭受破坏、令人缅怀的文化仍然幸存：俱乐部式的沙发椅、进口雪茄、卑躬屈膝的侍者、过热的暖气、棕榈树、烫得笔挺的裤子、西装头，甚至单眼挂镜……一应俱全。相逢的喜悦，使我感动得轻拭眼角的泪水。暴发户们带着和善的微笑看着我，他们懂得如何应付像我这样的人。他们看我的表情轻蔑里带着微笑，隐隐掺杂着高尚、礼貌，甚至带着点肯定。我回想着，曾在哪里见过这种奇怪的眼光？对了，我明白了！这是战胜者巡视战利品的眼光。在战时的德国，经常可以看到这样的神情。这是女企业家探视伤兵的眼神，那眼神一方面说“可怜虫”，另一方面却说“英雄”，既傲慢又羞惭。我以战败者的兴奋和磊落观察这些暴发户，他们真是锦衣华服，尤其是女士们。这令人想起那史前蛮荒的年代，想起 1914 年以前的日子，那时我们将华贵视为理所当然、衷心向往的唯一目标。

做东的人还没来，于是我找一位暴发户闲聊一下。

“您好，暴发户，近来如何？”我问道。

“还不错，只是现在有点无聊。有时我真羡慕您膝盖上的蓝色补丁，看来您是那种不知无聊为何物的人。”

“一点也没错。我有很多事做，所以时间过得快。每个人都有自己的角色要扮演。”

“此话怎么说？”

“嗯，我是劳动者，您是投机客；我生产，您打电话。后者赚钱较多，但生产却有意思多了。写诗作画其实是一种享受。您知道吗？享受还有报酬是有点过分的。而您的职业是将买来的货物再以百倍的价钱卖出，这并不是很快乐的工作。”

“唉，您真是的，总是用这种揶揄的口气和我说话。老兄，老实承认吧，您和您那带补丁的裤子，其实很嫉妒我们。”

“当然！我心怀嫉妒，尤其是肚子饿的时候，看见您在橱窗里大啖鹅肝酱，就令我十分嫉妒，我觉得吃鹅肝酱很了不起。然而，想想看，没有其他享受像吃这么可笑、短暂、肤浅。基本上，华服、戒指、别针与裤子也是如此。穿上漂亮的新西装当然高兴，但我怀疑，您是否整天都想到它的存在？是否整天都因它而喜悦？我相信，您想到钻石和笔挺西裤的时间，和我想到补丁的时间一样短。不是吗？而您究竟得到了些什么？当然，你们的暖气是令人羡慕的。我知道蒙塔诺拉有个好地方，若太阳出来了，即使在冬天，在两块岩石之间的无风处，也和你们的饭店一样温暖。与我为伴的事物比您的好多了，而且不花分文！更何况，我经常可以在树叶间找到可食的栗子。”

“好吧！即使如此，但您打算以此维生吗？”

“我为世上带来一些价值，并赖以为生，虽然是微不足道的价值。例如，我画画，就我所知，没有人画得比我好，但只要一点点钱就可以买到我的诗稿，外加我自己配的画。暴发户们所做的最聪明的事，就是买下这些东西。万一我今年内死掉，这些作品马上增值三倍。”

我只是开开玩笑，却把暴发户吓着了。他以为我想向他要钱，因而立刻变得心不在焉，咳个不停，在突然发现大厅最远的另一端有熟人时，不得不过去打声招呼。

柏林的朋友们，容我省略如何与东家一起享用午餐的经过。餐厅洁白明亮，餐桌、餐具何等美观，佳肴美酒，难以详述。看着暴发户们吃饭，给了我许多启示：他们十分重视吃饭的姿势，分寸拿捏得宜。他们一小口、一小口地吃着山珍海味，脸上带着庄严、充满责任感的表情，以及些许轻蔑的潇洒。他们以古老的勃艮第酒瓶斟酒，表情既轻松又痛苦，仿佛正在吃药似的。看见他们这副德行，我一直为他们祈福。然后，我顺手塞了个苹果和小面包当作晚餐。

你们问我，为什么不去柏林？是的，其实这有点奇怪。可是我比较喜欢这里，我就是有点自以为是，既不去柏林，也不去慕尼黑，因为对我而言，那里的黄昏山色不够艳红，我会怀念这儿的一切。

（1919 年）

色彩的魔术

终有新生虹彩，历久弥新

神的信息处处展现

上达天空，下至大地

光吟唱着万千歌曲

正是神的应许

但愿人间多彩华丽

白色配上黑色，寒冷配上温暖

一切让我有所体悟

当天空一片灰浊沉重

终有新生虹彩，历久弥新

天上的光

无数次穿越心灵

无论是喜是忧

创造万物，生生不息

这光，我称颂为太阳

提契诺的教堂

北方新教徒之所以对南阿尔卑斯山赞叹不已，原因之一便在于天主教文化的神奇魅力。我成长于严格的新教徒家庭，对我这样的人而言，第一次意大利之旅所带来的影响，实在难以忘怀。

当时，当地居民那种浸沉于宗教、与朴实教堂融为一体的生活，那种生活中特有的气氛、音乐与安全感，那来自生活中心——教堂的源源不绝的活力与朝气，实在令我感叹，并深深为其所吸引。也许天主教在意大利及阿尔卑斯山区已日趋没落，但在提契诺，其影响力仍处处可见，否则我见不到这么多美丽古老的教堂。比起北方，在南方，教堂的存在是绝不容忽视的，而且它依然是生活中崇高的重心，其地位宛如母亲。身为新教徒，我在新教教规和饱受良心不安的苛责下长大，因此见到这种信仰的纯真，这种为表现虔诚而做的俗丽装扮，令我十分震撼。无论是锡兰的神殿、中国的寺庙或提契诺的教堂，这些景象让所有像我这样的人回忆起失落童心，想到天上乐园，同时也唤醒心灵深处最纯真无瑕的朴素信仰。我们这些精神上贪得无厌的欧洲人最缺乏的，莫过于这种充满欢娱与天真的信仰生活。

每次越过阿尔卑斯山，一接触当地温暖的气息，听见音调丰富的言语，看见山坡上第一座葡萄园梯田及无数美丽的教堂时，我总是感动不已。那种感动既温柔又深刻，令人想起生命中留在母亲身旁时的温柔情境，想起童年的纯真、单纯与快乐。时间似乎停滞了，于是在我的感觉之中，此地天主教徒的虔诚与古时人们对宗教的虔诚，似乎越来越难以区分。他们保留了古罗马式与地中海式的农耕文化，例如葡萄、桑葚、橄榄的梯田栽种方式；在南阿尔卑斯山区，源自古希腊罗马那种对视觉美感的重视、对神像的崇拜，以及开放的多神信仰，也延续至今。罗马时期曾建造圣殿之处，如今建起了教堂；昔日为祭祀土地精灵或森林之神而竖立小石柱的地方，如今立起了十字架；昔日水神、泉水女神或廊神的神殿遗址，如今建起了圣殿和石龛，殿内放置了圣像十字架。孩童们和当年一样，在圣殿之前嬉戏玩耍，以花朵装扮自己；圣殿旁长着一棵柏树或松树，流浪者和山羊也来此地歇脚。某个夏日，身着蓝金色相间服装的天主教徒组成的优美队伍行经此地，为小神殿祈福，洒圣水，提醒人们不要忘记小神殿。它提供人们慰藉、喜悦、神的警示，以及人生至高的目标。这种感觉，在提契诺尤为强烈。来到阿尔卑斯山南麓，便进入了阳光之乡，进入了欧洲最古老的文化之中。当地温暖的阳光、美丽的语言、充满巧思的葡萄园梯田，以及大小教堂与圣像十字架等所有将宗教虔诚表露无遗的建筑，处处都散发着美，美得难以言喻。自古以来，提契诺地区优异建筑师和砌石工匠辈出，许多意大利的伟大建筑，都是在他们的技术支援下完成的。甚至连他们建造教堂的地点，也都十分美丽。这些地方，令人联想起卢加诺、堤瑟瑞特、隆科、占堤利诺附近的圣安波迪欧、布列根左那，以及萨索的圣母堂。即使是教堂入口处的引道，也都经过精心设计，非常美丽；石墙之间，通往教堂的通道或桥梁线条也十分柔和。此外，教堂前一定会有一个广场，不大却十分平坦，让人能在此稍作歇息，不至于带着上山的气喘吁吁或下山的小快步进入教堂。广场上植着几株树，为教堂的前廊走道遮挡太阳或风雨，它们形成三至五个绿意盎然的庄严圆拱，远远呼唤着我们。

在这石材丰富、木材缺乏的地区，教堂和其他建筑物一样，完全由石块砌成。在小山村里的小教堂，墙垣毫无装饰或粉刷，一片光秃，即使屋顶也是以原始页岩片搭盖而成，只有山墙和钟塔才能凸显出教堂的特殊身份。在其他地方，经过粉刷、绘上壁画的建筑物很多，外观也很美，但此地的气候并不适合在外墙画壁画。另外，即使有些教堂十分简陋，此地也绝见不到倾塌的教堂。

无论在城里或村庄，教堂是最显眼的建筑物，而钟塔则为教堂画出美丽的轮廓；在这个地区，到处洋溢着流传久远的宗教虔诚，即使在人迹罕至的偏远深山幽谷里，也能感受到。再偏远的地区，只要有山羊吃草，有旅人寻找歇脚的地方，就有小教堂，它们就建在道路转弯之处，小径从屋檐下穿过，因而成为遮风避雨的好地方；堂内稚气又美丽的圣像十字架旁、古老的墙边或屋檐底下，有着以古朴、苍白的颜色绘制的小壁画。春天时，孩童们在每一座圣像前的玻璃瓶、杯子或铜器里插满了花。即使从不进教堂，它仍到处可见，提醒我们它的存在。任何在石砾成堆的山路中寻找歇脚处，或在炎热的乡间道路上渴望树荫的人，都会心存感激地享用这些建筑。在这崎岖的山区里，它装点风景，指引方向，并且提供了让人闭目小憩的处所；它造福大众，因而广受欢迎。教堂里，更蕴藏着许多奇珍异宝，例如卢加诺的卢伊尼绘画，山中不知名小礼拜堂或提契诺一带教堂的绘画，以及湿壁画、祭坛浮雕、受洗石、雕像等，都说明此山区与意大利古典文化有密切关系，同时也表明提契诺人传承了造型艺术的古老天分。我可以举出上百个例子来证明此言不假，但我不愿浪费篇幅一一举证，把自己当成导游。没有导游引导的旅行更美，只要在提契诺旅行，立刻就会有令人愉悦的收获；在美丽的风景中，到处都能发掘静静隐藏着的古艺术珍宝。

亲爱的提契诺大小教堂，因为你们，我觉得宾至如归；你们与我共度了许多美好时光，为我带来许多喜乐，同时也为我提供了清凉的树荫和艺术的飨宴；此外，你们更启迪了我，令我思考自己的责任，同时拥有快乐、勇敢与乐观的人生观。在教堂里，我聆听《圣经》道理与圣诗礼赞，观看鲜丽的队伍从教堂门口熙攘而出，消失在明亮的风景之中。就像山岳湖泊，就像深峭的山谷、俏皮的钟声、林中绿荫下的小酒馆、山坡上古老的赏鸟塔一样，教堂属于这块土地，在它们的庇荫之下，生活非常惬意，即使像我这样的异教徒，也深受福泽。

（1920 年）

小径

有一条小径由村子直通湖畔，那是一条步道，步道上布满页岩石砾。我经常走这条小径，夏天走个几百回，冬天偶尔才会经过。

这条小径并不容易发现，它从马路上某个出人意料的地方分岔而出。在花草繁茂时节，它总湮没在黑莓藤蔓和羊齿植物之中。穿过丛生的野草，小径几乎呈垂直状穿过或疏或浓、树干细瘦的小栗树林。这些栗树的树龄并不年轻，它们在数十年前曾遭砍伐，之后又在残株的树干上冒出无数青嫩的绿色生机，于是才形成这片欣欣向荣的森林。

每年五月和六月初，当栗树长出嫩叶时，令人惊艳万分；此时树叶非常大，所有的小栗树就像有人用梳子梳过一般，全朝同一个方向向着晴空伸展，枝叶繁茂的树干也朝着同一个方向生长，整个树林因而形成一张由千万缕绿线编织而成的网，网上绿线交错，角度一致。

沿着小径前进，不久便来到较低处。此处的枯木四周耸立着巨大而威严的老栗树，常春藤蔓生于高贵的树干上，青苔铺满树根，树上的树冠硕大，树下遗留着去年的栗子残骸，其中还藏着一堆堆去年秋天带刺的栗壳。树旁稀稀拉拉长着些许枯草，附近有一片陡降的小草坪，上半部栗树成荫，下半部则暴露在阳光之下。春天时，这满是尘土、又枯又黄的小草坪上总是美景无限，成千上万的白色番红花装点着圆形的草坪，一排排的花朵宛如一块银色毛皮，也像一缕白色轻雾向下延伸。

往另一边看去，又是一片森林。起先仍是稀疏低矮的栗树，然后是金合欢，五月时，香气浓郁得仿佛置身热带的梦幻花园。金合欢丛里夹杂着一些冬青树，它们的树叶泛着沉静的油光，红色的果实为冬天光秃的小森林生色不少。

在这儿，小径又变得陡峭，到了雨季，狂奔而下的小河流，将小径冲刷出一道深沟，行走其间，仿佛置身军用沟渠之中。接着，栗树树根出现在眼前，一旁是零零星星的枯黄秋叶以及美丽的牛肝菌菇，若想采摘可要趁早。这儿的村民乐此不疲，尤其是夏末月圆好天气时，常常全家动员采菇去。不论野菇躲在多隐秘的角落，它们都逃不过村民高超的采菇技术。

六月，此地长满欧洲越橘，它独占林中空地，将其他植物排除在外。阳光下，越橘和欧石楠整年散发着神秘的芳香。到了夏末，缤纷的西班牙蝶和大锦蝶翩翩起舞。

小径至此坡度缓降，有好长一段路几乎都是平缓的，四周林木既高大又浓密，其间有些老树，甚至还有几株椤树。小河残留的水在此汇聚成一个小水潭，直到夏天来临为止，某些在此山中罕见的花朵在潭边绽放着。羊肠小径在此地渐形宽广，有些地方甚至变成原来的两倍宽，因而衍生出另一条并行的“双胞胎路”。

突然间，老森林豁然开朗，树林尽头最后几株树旁出现一间小屋，小屋有着温暖的黄褐色墙与红色的屋顶，可能是间马厩或仓库。走过小屋，穿过绿荫，眼前是一块小草原台地，上面长着几株矮葡萄树，几株幼小桃树，以及几株历经几百次修剪、带着庄严树瘤的老桑树。我经常看见一位老翁站在下宽上窄的梯上修剪桑树；终其一生，老人想尽办法以刀剪征服桑树，以便让树枝乖乖成长，不至于太接近地面，但同时也能让他轻松地采摘桑葚。老桑树每年修剪一次，年复一年，虽然历经修枝剪丫，但却新枝茂盛，欣欣向荣。终于，桑树赢得了胜利，日渐长高，直到刀剪伴着老翁寿终正寝，依然无人能扳倒它。

穿过绿色草原台地，走出森林，沿着葡萄藤与桃树朝着另一处森林走去，眼前再度呈现一幅美景。随着四季变化及树叶疏密的不同，下方的树林间隙里，闪烁着红、白、蓝等或深或浅的光影。定睛一看，原来是陡坡下方的红色屋檐，在晴空下闪闪发亮。村里的声声鸡啼隐约可闻；村庄之后，则是玫瑰色的沙滩，以及镶着白边的蓝色湖泊，湖畔丛生的芦苇无力地随风摇曳着。我总爱在这儿驻足停留，手攀着树干，顺着几乎垂直陡降的小径向下看去，让目光越过村庄里的红色屋顶及晾晒的衣裤，眺望红色的波西亚玫瑰、蓝色的湖泊以及白色的湖畔芦苇。往前走几步，经过狭窄的沟渠及交错散布的土堆，再穿过几株老树，是一处古木耸立的空地。越过攀满黑莓的老墙，一条白得耀眼的路出现在眼前；路的另一头，就是芦苇摇曳、小舟漂荡的湖泊了。在那里，几名男孩手持竹子做成的钓竿，赤着褐色的双脚，正站在浅浅的湖水之中。

（1921 年）

湖岸

今年夏天的炎热，让人仿佛置身印度一般，甚至连湖水也不再沁凉。不过，每天傍晚湖岸仍是晚风习习，在湖水中游会儿泳，然后光着身子迎着风，令人神清气爽。因此，这时候我总会下山来到湖边，有时还会带着素描本、水彩、干粮及雪茄，整个晚上就待在岸边。

正午过后，通往湖边的小径曝晒在阳光下。小径十分狭窄，下坡的角度又陡，我穿着一身亚麻衣服，沿小径直奔而下，惊得蜥蜴匆忙躲到枯萎的草丛中。烈日炎炎，一些金合欢已变成金黄色，所有的植物都被晒焦了，它们忍受着炙热，沉默且毫无生气地垂着头，等待着死亡和秋天的来临。我在沸腾的空气中跑下山，攀着染料木属植物，看见风吹过不远处的玉米田，掀起一波波银色的浪涛；沙石的热气透过鞋底传了上来，汗珠一颗颗流过我的双颊和脖子。噢，秋天也好，冬天也好，我多么怀念最后一朵紫色花朵无力地绽放在十一月草地上的时光，多么怀念初雪吹过光秃秃山丘的日子！

一阵阵风从湖畔吹来，穿过树丛和黑莓藤蔓，绕过墙垣；我深深吸了一口气，风中带着湖水、鱼腥和芦苇的味道。高大的梧桐树矗立身旁，粗短的紫色树干下，银亮的小草随风摇曳。我朝着五彩的湖岸走去，深蓝、青绿的浪潮，一波波拍击着炙热的碎石砾，舔舐着橘红色的沙滩，推挤着岩石，戏弄着漂浮的木块，芦苇也因潮水的顽皮而沙沙作响。艳阳高照，淡蓝的薄雾中，湖水清澈如镜，对岸层峦叠翠，随着山色渐远渐淡，思绪也逐渐澄澈透明。我将背包挂在枝丫上，脱去衣物，火热的碎石砾扎痛了我光溜溜的脚底。走入湖中，浅浅的湖水和空气一样暖热，一直游到湖心处才感受到一丝冰凉。我潜到深蓝的湖底，又仰躺在湖面上，随兴漂浮许久。湿暖的潮浪轻抚我的眼与唇，但风是凉爽的，从我舒展开的毛细孔中慢慢吸去暑气。之后，我静静走回岸边，躺在浅浅的湖畔浪潮中；不久又跳起身来，钻进艳阳烤得炙热的沙堆里，一动不动地躺上好一会儿，把自己烤得全身发热。我像游戏一般重复着这个过程，一而再、再而三地烤热自己后，又冰凉自己，乐此不疲。这种游戏反映了生命中的一切热情、痛苦与刺激，反映了一切奔波与歇息、狂热与冷淡、激情与低潮。

深沉的疲倦感洗净了我心灵里的尘埃，吹散了我记忆中的烦忧。我舒展四肢躺在沙滩上，慵懒地微喘着。我不再感到炎热，也不再感到沁凉，只觉得疲倦，疲倦不堪。偶尔，我听见鸟儿鼓翅飞翔、鱼儿跳跃、强风骚动芦苇的声音；偶尔，我听见人们谈笑、扑通跳入水中、裸足奔过沙滩的声音，有些人甚至从我的身上跨过。附近村庄里的孩童和少年们也来游泳；我哼着歌，眯着眼看着他们。一会儿，美少年带着狗也来到湖边。那是一个年轻健美的运动型少年，他有着深褐色的肌肤，黑发上系着红布，泳技绝佳，每天都和他那只长毛狗一起来；那只狗或许该算是长卷毛狗吧。少年游泳时像只身手矫健的水獭，头部几乎都沉入水中，他的狗也随着他游来游去。我的眼睛紧盯着他，看他远游，看他潜水，看狗大声吠叫寻找他，看他游到远处才浮出水面，看他逗弄狗，把水泼在狗身上，和狗在水中戏耍。

太阳西沉，时光匆匆流逝；我似乎在不知不觉中睡着了。我站起身子，拍去腿上的石砾和贝壳碎片，不得不离开了，因为再过不久便会觉得饿。我无奈地想起那陡峭的山路，然后再度回到“家”中，再度回到那个世界、那样的时空；在那个现实的世界里，晚餐等着你，四处都是邮件、报纸、有用的信、无用的信、好书、不好的书……这些烦琐的事物，真的如此重要吗？在湖湾芦苇茂密处的对岸，距离湖畔约两百步远的船坞旁，我看见一抹蓝；在五颜六色的沙滩上，我看见了一抹纯净、美丽的浅蓝。于是，我的眼睛饥渴地啜饮那纯净的蓝颜色，我睁大慵懒的双眼，欣赏那样的蓝。突然间，在灰色树皮修葺而成的小屋及茂密的绿色芦苇旁，响起了可爱的声音。定睛一看，在那一抹蓝色之上是柔和的白，白色之上有着蓝色小斑点，随后出现了头巾与帽子。原来，那是游泳的女子。见到如此光景，我心跳加速，热血沸腾。在这里，游泳的女子是罕见的；这里的女子十分害羞，人们也将女子的羞赧视为神圣。在这乡间，游泳时出现裸露的躯体并不值得大惊小怪，但此时湖岸对面出现的，竟是几名村中女子，躲躲藏藏、小心翼翼地游着泳。我只看见些许的蓝色、红色、肩背上的光影，以及晃动的发束。我静静坐着不动，并不走近。我凝神望着，为何这景象如此美丽、动人，唤起我对爱情的冲动？只不过是几名游泳的女性，为何令我的心情如此激荡？也许她们一点也不美丽，也许靠近她们后，我将不屑给她们一个吻；然而，这些在远处芦苇丛中若隐若现的小小人影，她们那焕发着光芒的肌肉与头发，她们那蓝色泳衣、白色外衣、有斑点的红色头巾，竟如此深深地吸引我，令我兴奋，令我拥有恋爱似的焦躁。我不禁想起比利时北部有关骑士哈勒文的传说。哈勒文会唱一种特别的歌，只要听到他的歌声，所有少女便会情不自禁地奔向他。但愿我也会唱哈勒文的歌，那么蓝衣女子们便会带着爱慕之情向我游过来。

也许，我并不会喜欢她们，毕竟我是非常虚荣的，如果她们粗鲁且相貌平平的话，那么我可能说：“姑娘们，离开吧，我的歌并非为你们而唱。”但我不能告诉她们：“你们的蓝色泳衣远看十分美丽，我以为，泳衣的主人想必也是美人。”

此时，女孩们已下水嬉戏了。尖叫声一阵阵传来，她们的容颜在水中忽上忽下，她们互相泼水，打水花儿，用事先编成桂冠的水草互相投掷，或者为一株沉浮的芦苇而争吵。她们是多么快乐，多么天真无邪！在一生中，我可曾如此尽兴、如此毫无顾忌地展开欢颜？是的，我也曾这么做过，希望以后也能这么做，即使机会不多，不太容易，我也希望还能享受如此的欢乐。如果现在身在锡兰，游泳后少女们将会手捧一束莲花走进庙里，她们身上将只缠着腰布，露出纤瘦的褐色肩膀与胸部。突然，我发现湖水、岸边及游泳的少女们刹那间全改变了颜色，同时也蒙上了一层阴影。回过神来，太阳已下山，悄悄沉落在阿尼奥的山头之后，风也逐渐转弱。我起身拿起衣物，对岸的少女们也停止了笑声，默默回到岸上，她们也感觉到晚间的凉意，于是回到船坞之中。我可以趁此时走过去，在她们回家的路上等着她们。但我不，我不想见到她们穿着平日的衣服，见到她们真实的容貌。

我经过小屋，听见她们叽叽喳喳地说着话。如果我有根手杖，那么我可以用它敲一敲小屋的墙壁。但我没有。在上山的路上，我会在林中砍一根树枝当作手杖。

（1921 年）

提契诺夏夜

久经炙热干旱之后，终于下了一场雨。整个下午雷声隆隆，还下起了冰雹，起先是令人窒息的闷热蒸汽，随即沁凉的空气温柔地扩散，空气中带着泥土、石头及树叶的苦涩气味。之后，夜降临了。

山中阴凉处的森林里有一处石窖酒馆，那是村中的地下酒馆，就像幻想中的小人国森林里的童话小村庄似的。酒馆正面是小巧的石砌山墙，房子一时看不见，从高处俯视，屋顶与房子似乎低陷在地面之下，岩石地窖沿山壁挖掘而成。装在灰色木桶中的葡萄酒是去年秋天酿的，有些甚至是前年秋天酿的，不过没有更陈的酒了。那葡萄酒淡得宛如葡萄汁，带着冰凉的水果味，以及浓浓的葡萄皮味道。

陡峭的森林坡上辟出了一个小平台，拾级而上，平台上有座小酒馆，仅容得下两张桌子。此时，我们正坐在这家小酒馆里。栗树、梧桐及金合欢等老树的巨大树干，直直伸向苍穹，隐约只看得见一小块天空；由于这些树的枝丫茂密，我常在雨中的树林空地上长坐，却从未被雨淋湿。我与几位住在附近的外来艺术家，默默在黑暗中对坐着，蓝白条纹的陶杯里，盛着鲜红的酒。如小岛一般的平台下，位于我们正下方的酒馆大厅里，红灯闪烁。透过黄杨树茂密的叶缝往下看，灯光下是一片充满喜悦、黄铜般的光芒，一个男人的膝上放着法国号，面前放着一杯酒，他开始吹奏法国号，旁边另一位男士手持低音喇叭，他们开始合奏时，又响起了第三个温柔木管乐器的声音，这声音使人联想起巴松管，但我看不见吹奏者正面，只能看见他的侧影。他们的合奏温柔而内敛、熟练而灵巧。演奏的前厅又小又窄，听众稀稀落落，演奏者控制着音量，他们乡村式的、欢悦的、亲切的演奏，虽不特别强调情绪，但仍带来感动与幽默感，节奏轻快又充满自信。这音乐就和葡萄酒一样，带给人香醇、纯净、乡土与直接的感受，但没有强烈的刺激，也无须心存戒备。才听到音乐，还来不及在窄小的木凳上转身向下看，舞者们就出现了。夕阳余晖仍逗留在酒馆前的广场上，三对舞者就在酒馆前厅流泻而出的灯光下舞动着。由于树木挡住了视线，我们只好从黄杨树浓密的叶缝间，欣赏他们的舞姿。

第一对舞者是两名女孩，其中十二岁的那个女孩穿的一身黑——黑围裙、黑袜、黑鞋；七岁的那个小女孩则穿着明亮的浅色舞衣和白色围裙，光着一双脚。大女孩数着节拍，一丝不苟地跟着节奏舞蹈，她跳得很好，舞步丝毫不出差错，该快就快，该慢则慢。她的容貌严肃庄重，像朵苍白的花朵飘动着，在森林暖湿的暗夜里，显得模糊难辨。小女孩则刚学舞不久，仍不太会跳，因而舞步有点拖泥带水。她微咬着下唇，微嘟着嘴，笨拙地看着同伴的脚步，同伴也悄悄提醒着她。两个小女孩的脸上焕发着严肃和满足感，手舞足蹈间流露出属于孩子们的尊严。

第二对舞者则是两个小伙子，年约二十岁。较高的那个没戴帽子，露出短短的鬈发，另一个则斜戴着毡帽。他们两人卖力地舞着，脸上略带着微笑；他们不只尽力跳得正确，还在舞蹈中表现出感情。舞蹈时，他们的手一致向外伸展，头部后仰，有时还会曲着膝、弓着背，尽可能舞出最精美的动作。他们的热情舞蹈，鼓舞了吹奏木管乐器的乐手，乐曲变得更温柔，更婉转，更哀怨。两位舞者面露笑容，较高的那位更是自得其乐，完全沉醉在舞蹈之中；他爱上了自己的舞蹈，忘却了一切。另一位舞者有点淘气，他略显腼腆以博人一笑，并希望因而获得赞赏。我想，较高的那位应该会有较顺利的发展吧。

第三对舞者是琳桂娜和玛利亚，两年前我在她们上学途中遇见过她们。琳桂娜是典型的南方姑娘，轻巧而纤瘦，细长的脚和细长的脖子流露出生涩的美。玛利亚则截然不同，她出落得更美了，不久前我仍将她当成小女孩看待，现在可不行了。她的五官突出，脸色娇嫩丰润，坚毅的眼睛呈浅蓝色，褐色的秀发蓬松；她已从小女孩蜕变为少女，看似慵懒，眼神却奔放而充满活力。如果我是村中的年轻小伙子，一定非玛利亚不娶。玛利亚一身红衣，她向来只穿红色或粉红色的衣服。她和琳桂娜舞着，红色衣裳飘来飘去，时而消失在黄杨叶影之中。她们的舞姿曼妙，心情愉悦，不像小女孩那般严肃，也不像小伙子那般开放、虚荣。美妙轻柔的管乐声、充满欢娱装饰音与跳跃感的乐曲，与玛利亚和琳桂娜的舞步搭配得天衣无缝。森林里的绿色薄雾在她们头顶散开，前厅里的一小道灯光打在她们的额头上，她们和着节奏，紧凑又灵活地舞着。

平台下，在黄杨的黑色阴影之后，灯光与音乐流泻着，年轻人舞影婆娑，人们倚在大厅廊柱或屋外的树身上观赏着、赞美着，不时点头微笑。平台上，我们这些异乡客和艺术家则坐在黑暗中，环绕身旁的是不同的灯光、不同的气氛、不同的音乐与不同的人。石上的叶影、衣上褪色的蓝、七岁女孩屈膝时的庄严神情等，这些令我们如痴如醉的人、事、物，是平台下面的人们所忽视的。对于村民习以为常的东西，我们既羡又爱，但他们却羡慕某些我们早已厌烦的奇怪事物和习惯。只要愿意，我们也能参与其中，绝不会有人阻止我们和他们一起欣赏音乐和舞蹈，但我们却坐在梧桐树下，在树影之中陶醉地聆听三人乐团的演奏，看着人们苍白容颜上若隐若现的光影，倾听红鸟在沉静黑夜里的啼叫与争吵，同时心存感激地吸取今夜朦胧的神秘气息，以及这小小乡村世界里令人愉快的祥和。他们的表演使我们感动得热泪盈眶，但他们的烦忧以及他们的快乐，都不属于我们。

玫瑰色的酒斟入蓝色的陶杯中，当平台下的舞影朦胧时，玛利亚那红色衣影逐渐舞进黑暗的阒寂之中，那明亮的花般容颜，也随之消失，没入夜色中，只见门口那红色的温暖灯光显得更为明亮。在熠熠灯光尚未熄灭之前，我们起身离席而去。

（1921 年）

昂格罗的圣母

夏日傍晚，太阳一下山我就从圣萨尔瓦托雷山的卡罗纳出发，前往圣母教堂。村子尽头有几间华丽的木屋，满布石砾的小路从那儿开始缓缓上升，路旁有几座花园，无花果树从褐色的围墙里攀出，肥大的树叶间悬着肥硕饱满的果实。一会儿回头一看，村落中的屋顶栉比鳞次，单调而原始的美感，宛如非洲原住民的部落。烤玉米饼的炊烟从烟囱飘向四处，整个村落看起来就像是一个棕色的大石堆，缓缓释放着它所储存的七月暖气。

花园尽头，小径处处随性通往树林、大麦田或黑色金字塔形的豆圃中。小径旁有座石窖酒馆，除了周日晚上，平时大门深锁，酒馆名叫“失落的面包”。一个空荡的波西卡球道，上面是一座以山中美丽的红石砌成的露台，那温暖的颜色在一片绿意中，柔和地点燃一抹红焰，宛如雷诺阿[1]笔下的红衣女郎，在一片绿色中焕发着光芒，又似丝绒布上的一颗红色宝石。墙上一尊古雕像雍容地俯视着众生，经过多年风吹雨打，雕像变得素朴、狂野而内敛，带着歌德式风格；那是怀抱着垂死圣子的圣母像。再往山上走，脚下小石滚动。小径出奇地寂静，没有任何路如此古意盎然；走在此地，仿佛走进了另一个时空、另一个世纪与另一种生活情境。在卢加诺附近很少见到这么静谧的小径，时光仿佛在此暂停了，完全看不到任何现代的痕迹。在洛迦诺、欧瑟拿诺、洛索内、哥林诺及阿尔瑟纽等地，较常发现这种被人遗忘的蛮荒一隅或中古世纪景象。

傍晚在小径上漫步，神清气爽。小径并不会令人

1. 皮埃尔 - 奥古斯特・雷诺阿（1841—1919），法国著名的印象派画家，擅长描绘丰满、明媚的女性。

兴奋或激动，它毫无振聋发聩的作用，但却能安抚人的心绪与灵魂，令人获得安宁；在此地，我感受到虔诚、信任与纯真。小径忽窄忽宽，像孩子似的变化多端，连路旁的矮墙、小玉米田、葡萄架和豆圃也充满童趣。农田和草地消失在稀疏的树丛中，放眼望去处处都是森林。林中有些老栗树和饱经风霜的奇木，残株上的新芽生长茂盛。小岩石上布满染料木属植物，原有的酢浆草、青草、野豌豆、小杨木等逐渐在森林中消失，而由五月花丛、染料木属植物、千金草、绣线菊以及散布四处的小牛所取代。到处堆放着牧草，这是今年的第三次收成，已去穗的麦子堆放在刚收割过的一小方麦田旁。如果罗马尼亚、加拿大或美国加州的农人看到这么可怜、落伍、完全手工经营的小型农业，看到此地农人以手播种，以镰刀收成，他们想必要耻笑一番，同时激起更大的优越感。他们有理由骄傲，但不该因而取笑这些小农。像我这样保守、浪漫、幼稚的诗人，便爱极了这以手收割的牧草，爱极了这里未经修筑的河道，以及随兴种植的森林。我爱那些看似快要倾塌但却屹立不摇的圣像十字架，我爱那些斑驳墙上画着淡色天使和圣像的森林小教堂，也爱这里的文化遗迹、这里所有的老人，甚至年轻人的表情和手势。这一切是如此纯真、虔诚且内敛，就像路旁脆弱、无助、过时的旧东西惹人珍爱。我深爱这儿的一切，心中为每一条公路的开辟、水泥建筑的兴建、截弯取直的河道、铁制的电线杆等哀叹。我并非抵制“进步”，亦非控诉改革，然而，诸如此类的文明大举入侵此地，连这落后的小世界也不放过，文明已将这恬静的田园乐趣之根源掏空了。这个古老的世界终将落幕，不久，机器将战胜双手，金钱将战胜道德，理性经济将战胜田园之乐，没有人知道究竟谁对谁错。

像我这样的古文明崇拜者将因此感伤，但不论我们的诉求是什么，无人能反对我们的意见。我们明白，无论凭借理性或感性，我们的想法与进步或浪漫、前进或落伍无关，而与事情的表象或实际内容有关。我们明白，我们讨厌的不是铁路与汽车、金钱与理性，我们讨厌的是遗忘上帝，是心灵的浅薄。我们更明白，真正的生命、真正的真理凌驾于对立的概念之上，例如金钱与信仰、机械与心灵、理性与虔诚。我们之中有人会莞尔一笑，因为我们对利润和经营的无知，和那些企业家或眼中只有利润的人对于丰富心灵的无知不相上下。骄傲自信、稚气地想征服世界的工程师们，他们的天真并不亚于我们浪漫、诗意的天真；他们坚信计算机，正如我们对上帝的信仰一般坚定，但当他们世界中的绝对论法则遭爱因斯坦推翻时，他们因而感到愤怒与恐惧。大都会的文坛嘲笑我们是多愁善感的浪漫诗人，但我们不只是愚昧的狂热分子，不只是为了几座注定要倒塌的老砖墙而大声疾呼，甚或动员民众保卫乡土；我们之中有人和企业家一样聪明，心中也许比追求进步者更坚信未来，更憧憬未来，因为我们相信机械的生命短暂，而上帝才是永恒。我们的一位伟大同志、欧洲最后一位真正的诗人，仍独居北方，他虽逃离尘世，但对尘世仍怀抱着信赖与丰富的挚爱。他，就是克·汉姆生。

我离题太远了。天色渐晚，森林里露水渐浓，入口处弯曲瘦实的树干后，所有的缤纷色彩融成一片惨淡的黑。天空中仍燃烧着亮丽的余晖，石墙上则投映出宝石一般的光芒。小径的右上方，寂静的老树林后，一间由红石砌成的圣马尔塔教堂古意盎然地静立着，夕阳余光笼罩着教堂尖塔和山墙，塔顶十字架已略微歪斜。在小径左方，透过石墙上的格门可以看见墓园，其中杂草丛生，高度及膝，园后的墙边紧靠着一些形状怪异而笨拙的建筑物，那是有钱人家新盖的墓园小教堂，里头的墓碑由石头雕刻而成，不仅丑陋、愚蠢、炫耀，更污蔑了上帝，真可说是逐渐枯萎的信仰之树上的一颗畸形果实；白天，它们戕害我们的视觉，如今沉浸在神秘夜色中，任由夕阳余晖在石雕的表面与棱角上逗留、玩耍。算了，你们这些大理石雕成的拙劣墓碑，神依然是爱你们的；即使你们唱的歌曲再愚蠢、再荒腔走板，在上帝的耳中仍是一种音乐，仍是一种幼稚的控诉，一种幼稚的请求。森林上方，风呼啸着；巨大闪亮的玉米叶摇曳着，发出芦苇摩擦似的声响。豆圃里热闹极了，所有缠绕在木条上的豆苗，看似高耸的圆锥和金字塔，在短暂的朦胧暮色中，一片欣欣向荣，而且造型各不相同，十字架、钩形、问号，虚张声势的、歪斜的、像疲倦老人般无力下垂着的，长颈鹿、老巫婆等，多彩多姿，这些黝黑、怪异、杂乱的藤蔓纠缠着，伸向彩霞满布的天空。

穿过森林，漫步在满地落叶之上时，发现此处的栗林里还混杂着一些山毛榉，这是十分少见的情形，因而越发惹人喜欢。突然，小径朝着又宽又陡的山坡延伸，一直通往圣母教堂入口处，入口两侧有壁画。斜坡上长满青草，教堂笼罩在温暖的黄红色暮霭之中。教堂及附近树林后方的天空仍然明亮，西方空中微闪的光芒刺眼，我站在斜坡上，深深吸了一口气。古老的圣母教堂沉睡在寂静的林中，独自屹立于森林密布、绵延不断的山坡上，屋顶前方靠近半圆形前庭处，留了一片空地，建造了矮墙。我站在那儿，视野无尽延伸，心情轻快、自由、飞扬，同时期待着、欣喜地憧憬着，在这层峦叠翠的广大山区，又可看到更浩瀚、更雄伟、更引人入胜的天空。

世上的美景不胜枚举，但这里却是最美之处。脚下，林木蓊郁的山坡陡峭地冲入满布青草、夜色降临的安静小山谷；几个明亮的村庄与教堂，位于近处山谷的斜坡上，暗绿色的山谷朝西南延伸，缓缓降至湖里；在暮色中，清澈如镜的湖心，浮现一座圆锥形的山，周围湖水银光闪烁，那里就是卡斯拉诺。湖与圆山之后，又是重重山峦，峰峰相连，其中最远最高的是蒙特罗莎山那白雪皑皑的瓦立士峰。山峰之间，是村落星罗棋布的山谷及小教堂伫立的山丘，森林与茅屋散落在和缓的山坡上。美丽的雷马、甘把罗诺和塔玛洛山脉左右相连，形成显眼的半圆形山墙，蓝、黑、灰、红等缤纷多姿的山峦与山脉连成一气，彤云则消失在更艳红、更金黄的天空中。黝黑的山谷里，盏盏温馨的灯火亮起，山谷凹处，微弱的狗吠声隐约可闻。当黄昏彤霞的戏码落幕后，天色慢慢暗了下来，星星行过教堂的尖塔，在深蓝的夜空中发出寒光。此时，眼前上演的是千变万化的山色，山影与山脊共演一场奇幻剧，从龙、巨人、鲸、盘绕的大海蛇到翻滚的大海龟……变化多端。而最后顽强抵御黑夜、在黑暗中如同幻术般主宰一切的，则是圣母教堂苍白的正面。

返家时森林已暗，我几乎认不出那口已干涸、有兽形图案的老井。沿着小径穿过森林转入农田时，草地上突然出现一团奇异的冷光，我吓了一跳，定睛一看，原来是一轮皎洁的明月正自树梢升起。轻柔的北风将夜空擦拭得清朗无比，并在树间轻奏着音乐；浓浓的树影上，好几朵花闪着银光，摇曳其中。月光也落在墓园里，阴森的墓园教堂在随风摇摆的长草上，投下长而沉重的影子；这些墓园的草不能用来喂牲畜，只能用镰刀将它们割下，然后烧掉。石窖酒馆慵懒地沉睡于村落之上，石造圣母像木然地对着明月，膝上抱着垂死的圣子。村庄渐渐浮现在眼前，到处可见映着月光的墙壁和屋角，花园的石墙与无花果树投下僵硬的影子；在我脚下滚动的石子，也滚动着它的影子。一处黑暗屋里，传来山羊的叫声。

猫群跑过村中的广场，这光与影的嬉戏，遍布在每个角落，也遍布在每幢农舍内。四下，空无人迹。

（1923 年）

提契诺的圣母节

蒙塔思托拉山的高峰上，浩瀚无涯的栗树林里有一抹耀眼的白色，那是一座小巧、古老的教堂，是敬奉圣母玛利亚的圣地，一年中难得听到几次它的钟声。教堂有着明亮的尖顶和令人心旷神怡的前厅，由于掩藏在偏僻难寻的林间小径里，因而笼罩着重重的神秘感。与教堂为邻的只有一个村落，但也相隔约半个钟头的路程。

这个森林里的朝圣教堂并不冀求人群，也不愿人们找到它，正因如此，我衷心喜爱它。它不求名利，只想隐遁山林；它所追求的，不是所有的算计、买卖、市场等幼稚的琐事，而是艺术、学术、文学，因此，它仿佛是个完人、智者和圣人。多年来，我对这座教堂了如指掌，它周围的神秘与变化带给我无穷的乐趣。夏季里，尤其栗子花开时，教堂躲藏在栗树林中，有时甚至整个上午都遍寻不着，仿佛就此消失了踪影，直到阳光西照在墙上时，才又见到它依然伫立在那儿。我从来没有把握，它是否仍好端端地留在原地。

想找到教堂，从附近的村子出发比较容易，但必须先走到村子才行，那可是个穷乡僻壤的山村。若想在山谷中见到如此洁白、怡人的教堂，就得准备接受崎岖山路以及遍寻不着的考验。从陡峭的羊肠小径穿过森林来到高处，小径分为三四条更小的路，但没有一条是正确的；如果运气不好，每条路都是死路，那么就得挣扎穿过一片石砾，并和野草丛和黑莓藤蔓搏斗开路。而从山谷中看起来近在咫尺的明亮教堂，此时隐藏在树梢之后，让人遍寻不着。我经常前往教堂，但也经常走错路，只有几次，在圣母的冥冥引导下，不费吹灰之力便找到了它。我满腹狐疑地置身于森林里的红墙旁，那明亮的前厅看起来祥和静谧，奉献箱旁的一小扇窗上装着铁窗，堂内一片朦胧中，有一处微闪着金黄的光芒，意境深远，我知道那是圣母的金色圣像。夏天傍晚夕阳西下时，森林教堂前的小空地是这一带最美丽的地方。可惜此时此地，杳无人影。

这座圣母教堂，我曾凝视它上百次，也曾眺望它上千次，有几十次的机会，我来到那绿意盎然的空地和造型优美的墙边，贴近小窗看着金色的圣像，在我这样的人眼中，此处才是圣殿。可惜，我不是天主教徒，无法真正地向她祷告。圣安东尼和圣依纳爵做不到，但我相信圣母做得到，她能了解像我这样的异教徒，她能包容我们。我用自己独特的仪式和神话来崇敬圣母；在我自己的宗教殿堂中，她与维纳斯和印度神具有同等的地位。圣母是心灵的象征，是救赎众人的爱的光芒，这光芒飘荡在世界两极之间，飘荡在自然与人类精神之间，对我而言，她是最神圣的神祇。我想，有时我对她的信仰与奉献，并不亚于最虔诚的天主教朝圣者。

在许多方面，山中的教堂与我心灵契合，我最爱它在山中的隐秘、迷人的寂静、沉潜的内敛，以及它对喧嚣人群的含蓄抵制；我十分了解它的特殊性格，而且心中颇有同感。然而，一年中总会有那么一个星期日，它笑脸迎人，邀请人们前去接受她的祝福。这一天是一年一度属于她的节日，金色圣母节并非在玛利亚月，而是在每年九月的某个周日。每年此时，一年之中的繁盛绿意在阳光下微闪着金黄，葡萄和苹果的繁殖力与生命力齐声高唱丰收之曲，同时，金黄色的树叶中也回荡着生命无常之歌。这一天，此地所有的虔诚教友全拥向森林里的圣母教堂，而圣母也将走出昏暗的教堂，来到森林，走向人群、飞鸟和蝴蝶。

在很久以前，或许在几十年前，这一年一度的节庆必定是无比绚丽、庄严的，如今却嘈杂不已，成为卖弄雕虫小技、充满玩笑嬉戏的市集，人们不再在长满青草和蕨类的地上向圣母跪祷，而是身穿正式服装，自认有耐性地等待着，直到圣母现身时才徐徐拿下帽子行礼。撇开这些小缺点，在此终究仍能感受到那么一点庄严和虔诚。无论如何，即使有这些美中不足之处，圣母节对我而言还是真正的节庆。有一次，我在那儿帮主教接见教友，并聆听他温婉的演讲；另一次正逢湿冷的天气，于是我和教徒们只好冷冷清清地过节。尽管如此，每一次的节庆都是美好的，我总是带着那美好的景象、音乐、香味一同踏上归途。对我而言，庆典的那一刻是伟大的时刻，我总是心存感激与感动地参与其中。

今年我也参加了庆典。早晨经过潮湿的森林上山，一路吓走许多蜥蜴，并在湿软青苔里看见几株迟开的仙客来。中午抵达教堂时，一片嘈杂迎面而来。森林里搭起了小屋，旗帜飘扬，气球、花环、彩带装饰了整条通往教堂的路，沿途有乐队演奏，有小贩售卖糕点和玩具，也有餐厅伙计忙着倒酒和咖啡。草地上有许多家庭正在野餐，他们从提篮或纸袋里取出面包、乳酪和葡萄来享用。对真正虔诚的人来说，节庆的重轴戏——早上的弥撒——已经结束了，而我却认为节庆的好戏正要上演。我遇到了几位朋友，我们坐在森林里，有人送我们葡萄酒、面包、冷肉、蛋糕和桃子。欢乐围绕着我们，这些声音，这些人物，是我这些年在乡村庆典里所熟悉的；会唱世界各地好歌的马利欧带着吉他来了，那个擅长用声音模仿曼陀铃乐音的女孩也在场，这里的许多人我都认识，我们村里的村民与我一样不远千里而来。金黄色的树下，响亮的音乐和儿童吹喇叭的嘈杂，伴着我们在这沉静而美丽的林中露台上享用盛宴。这些欢乐的人群，绝大部分不曾体验过此地的宁静与永恒，年复一年，他们只在喧扰的日子来到这里。年复一年，这热闹的一天总令我感到这里的神奇。

当欢庆渐息、人群渐散时，女孩们身上装着翅膀列队游行，其中一人手持圣像十字架，走在队伍前端。此时，圣母像在教堂门口出现了。平日在昏暗教堂里光芒四射的巨大金色雕像，在抬举雕像者的肩上轻轻晃动着，慢慢飘出教堂，几乎就要碰到正门。她怀中抱着圣婴，从发上的皇冠到脚趾，全身都是金色的，在秋阳下特别耀眼。这是一座柔美的神像，散发着内敛、优雅、庄严、神圣、婉约的光彩；对我而言，整年的宗教节日和弥撒就在此刻。她飘出教堂，飘过空荡的广场，光芒四射，连远方的湖泊及更远的皑皑雪山也闪映着金光。她穿过脱帽张望及戴着头巾的人群，朝着森林前行，穿过花圈，踩过羊齿类植物，消失在神圣森林中，只留下一片金光。

我们静静站立，手中拿着帽子，看着她消失，又等着她归来。不久，伴着乐声，在天使、神父及飘扬旗帜的拥护之下，她从另一个方向再度出现，闪闪发亮地走出森林，重新回到她的殿堂。金袍下的她粲然地笑着，阳光下金光耀眼的她，就和她的殿堂一样，总是时而现身，时而消失，有时仿佛近在咫尺，让人能清楚看到她一身金色华丽，有时则金光杳然无踪。在返回教堂前，她停在草地上接受四周人群的膜拜，从东方开始，然后是南方、西方、北方。随后，她又被抬起，飘浮在人群之上，在入口处稍稍欠身以便进入前厅，微微颤动的金冠再度轻擦过正门，终于，她又回到往日的宁静，回到如家一般的晦暗中。那些游行的女孩微笑着，我们这些老人则看着地面沉思着。此时金色的森林里仍飘着逝者如斯的芳香，能再见你一面吗，金色的圣母？就这样，节庆结束了。现在我正好能赶在暮色淹没森林小路之前踏上归途。穿过森林，下坡时，有好一段时间乐声仍在耳边回荡着，转身一看，一个孩童的大红气球飞过树梢，火红的艳丽映照着天空的余晖，仿佛正燃烧着。

（1924 年）

诗人黄昏所见

南方的七月，火红的夕阳西沉，闪烁着玫瑰色光辉的山峰，飘浮在蓝色的夏日氤氲中。闷热的原野里，沉重的生命力澎湃，高大肥硕的玉米处处可见，多处谷物也已收成；乡间道路不但湿热，更弥漫着一股浓厚的尘土味，田园里则传来阵阵芳醇、熟透的百花香。绿荫下的大地封锁了日间的热气，村舍金黄色的山墙，在黄昏的序曲中映照着夕阳温暖的余晖。

在炎热的小路上，一对情侣漫无目的地从一个村子散步到另一个村子，时而轻拉着手，时而肩并着肩，不忍分离。他们身穿轻薄亮丽的夏装，脚蹬白鞋，没戴帽子，在淡淡的暮色焰火中，优雅飘然地踩着爱的步伐。女孩的脸颈白皙，男人则晒成棕色，那真是一对俊秀的漂亮璧人。在这两心契合的一刻，他们的感受合二为一，宛如拥有同一份心跳，但两人的心情却截然不同。此刻，两人的友情已成爱情，爱情游戏又成为命运。他们的脸上虽带着笑容，但内心却严肃得几近悲伤。

现在，两村之间的路上杳无人迹，农人早已收工回家了。透过森林浓荫，一幢别墅清晰可见，仿佛仍笼罩在阳光中。这对情侣在此停下脚步，相互拥抱。男人轻拉着女伴，在路旁一座蜿蜒的矮墙上坐下。为了片刻相聚，两人迟迟不愿走进村庄与人群之中，不想让携手同行的这段路太快走到尽头。他们默默坐在墙头的康乃馨及虎儿草丛中，头上是蔓生的葡萄叶。村子里儿童的嬉闹、母亲的吆喝、男人的笑声及古老悠扬的琴声，随着尘土和香气阵阵传来。情侣静静依偎着，不发一语，感受着晕染在头顶树叶上的夜色渐沉，感受着身旁香气扰人，周围温暖的空气因露水浸润而渐露凉意。

女孩年纪还小，年轻又美丽。她轻薄的衣裳映衬着纤长细致的颈项，宽大的短袖下露出白皙的手臂与纤纤十指。她深爱着她的恋人，此刻她相信自己是爱他的。她十分了解他，他们原是相识多年的朋友，有时两人会忽然意识到对方的美丽与对异性的吸引力，迟迟不想放开彼此轻握的手，甚至会开玩笑似的轻吻对方。他比她年长，懂得也较多，当她需要倾吐心事时，他会陪在她的身边，令她十分信赖。有时，他就像一座灯光微弱的灯塔，闪烁在女孩的天空，那光芒让他们意识到，两人之间不仅只有信赖与友谊，还有异性之间的虚荣、占有欲及支配欲。此时此刻，这种似曾相识的感觉再度在他们心中点燃。

男人也长得俊美，但没有女孩花样的青春和无邪的纯真。他比她年长许多，早已尝过爱情和命运的滋味，也曾经历过挫折并重新出发。深思、自信、严肃写在他瘦削的棕脸上，命运的痕迹刻画在额头和双颊的皱纹里。今夜他的眼光平静而忘我。

他把玩着女孩的手，疼惜地轻滑过她的手臂、颈项、肩膀和胸部，温柔地抚触着。她沉静的脸笼罩在朦胧暮色中，她的唇就像一朵娇艳的花，期待他以双唇传递爱意。此时，他的心情温柔却充满激情。他不免想起，过去自己曾和其他情人如此漫步黄昏，他的手指也曾以相同的方式抚摩她们的臂膀、秀发、肩膀及双唇。他心中明白，自己做的是相同的事，然而此时心中的强烈感觉却与以往不同。他感觉美好，但不再新鲜，也不再严肃神圣。

“我可以浅尝爱的甘泉。”他想，“这滋味是如此甜美、神奇。比起那些年轻小伙子，甚至比起十或十五年前的自己，我或许更懂得爱怜这朵初绽的花朵，或许将爱得更有智慧，更懂得珍惜。我比其他男人更温柔体贴，年轻小伙子不会像我这样，既珍惜又心存感激地品尝这高贵的美酒。然而，在她面前，我将无法掩饰那陶醉过后随之而来的厌烦感，除了激情之外，我无法假装仍真心爱她，无法继续扮演她幻想的理想爱人。我将看到她哭泣颤抖，我表面冷静但心中充满不耐。她将带着醒悟后的双眼，体会幻灭的刹那，届时，她的娇颜不再，甚至将因失去纯洁而花容失色。我害怕那一刻到来，甚至现在已开始担心。”

他们默默坐在花草繁盛的矮墙上，因心中的激情而更加紧靠对方，但他们并未口齿不清地喃喃低语着“爱人、甜心、宝贝，你爱我吗？”之类幼稚、迷人的话语。一个小女孩从农舍中走出，农舍在浓密的枝叶下也开始泛白。小女孩约莫十岁，身穿深色短洋装，光着脚丫，晒成棕色的双腿纤细，深色长发下是张浅棕色的脸庞。她边玩边走出屋子，手中拿着跳绳，半是犹豫半是羞涩，两只小脚轻轻地横过马路。她变换着步伐，像玩着游戏似的走到情侣附近。小女孩慢慢地来到他们面前，仿佛是特意来找他们的，又仿佛极不情愿走开，似乎被什么东西吸引住了，就像大彩蝶被夹竹桃吸引一般。她轻唱着：“晚安！”大女孩从墙上和善地点头，男人则亲切地喊道：“晚安，可爱的小姑娘！”

小女孩不情愿地从他们面前慢慢走过。她脚步迟疑着，走了大约五十步后又站住，回过头来，犹疑地踅回情侣身旁，望着他们尴尬地笑着，随后又走开，消失在农舍的花园中。

男人说：“多可爱的小女孩！”

不一会儿，夜色依然昏暗，小女孩再次走出花园大门。她站了一会儿，偷偷朝着路这边瞧，窥伺着墙垛、葡萄叶和情侣，然后跑了起来。她赤着脚在路上小快步地跑，从情侣面前跑过又折回来，直到花园门口才停止，过了一分钟，又来回跑了两三次，孤单寂静地反复跑着。

情侣默默看着小女孩跑来跑去，看着那深色的短裙拍打在女孩纤瘦的腿上。他们觉得这小跑步是因他们而起的，因为他们散发了魔力，让小女孩在她的童稚梦中，感受到爱情浓烈的激情。小女孩的小跑步变成舞蹈，她飘得更近，摇摇晃晃地变换舞步。夜色中，她小小的身影独自在白色的小路上舞着。她的舞是尊崇之舞，那童稚的舞蹈是对未来、对爱情的歌颂与祈祷。她严肃专注地跳完祭舞，飘来又飘去，最后消失在漆黑的花园中。“我们令她着迷，”恋爱中的女人说，“她感受到了爱情。”男友不发一言。他想：也许小女孩在舞蹈中所享受的爱情，比日后她将经历的爱情更为美好完整。也许我们已体验了我俩爱情中最深刻美好的章节，接下来的将只是平淡而乏味。他站起来将女友抱下墙垛，他说：“你该走了，不早了，我送你到路口。”

他们相拥着走到十字路口，热吻道别，然后推开对方，准备道别，随即又回头再次吻别，这吻毫无幸福快乐的感觉，只是饥渴之吻。女孩匆促离去，他目送着她，久久未能举步。即使在这个时候，他的过去依然如影随形；从她的眼中，他可以看见自己的往事：不同的道别、夜里的热吻、不一样的唇、不一样的名字……悲伤突然席卷而来。他慢慢走上回家的路，星星移上枝头。

这将是个辗转难眠的夜。他有了如下结论：

“往事已矣，难以追回。我还可以爱上几个女子。几年内，我的眼眸将依然明亮，我的手依然温柔，女人仍将迷恋我的吻。但无论如何，终须一别。今日我仍可心甘情愿地别离，往后恐怕必须在绝望下分手。这样的割舍，于今是赢来的胜利，但却并不光荣，因此我不得不今天就放弃这段爱情，不得不在今夜分手。

“今天我学到许多，但还有更多的事要学。从那个令人着迷、无言地跳着舞的女孩身上，我们还须多加学习。当她看到夜里的情侣，爱苗在她心中滋长。一波早来的潮汐、一股亢奋美好的情爱，涌进她的血液中，让她开始舞蹈，因为她还不能爱。所以我该开始学舞，将情欲融入音乐中，融入诚挚的祈祷中，如此我将永远有爱，无须重蹈覆辙。这是我该走的路。”

（约 1924 年）

洛迦诺

这儿的一个小镇与风景接纳了我。数年前我就认识了这儿的每一个小河谷，以及每一条在缝隙里长满羊齿植物与红色康乃馨的田埂。战争时期，这儿三度成为我暂时的避风港，给予我慰藉，使我快乐且心怀感激。

洛迦诺人生性愉悦，因而此地刚被选为外交会议召开之处，整座城市尽全力整修、装饰，美不胜收。开会期间，要是斯特雷泽先生穿着西装坐在广场漂亮的长凳上，他的西装铁定要报销，因为所有的长凳才刚上过油漆。

我将洛迦诺当作旅程的起点是对的。在布里温河与戈多拉河谷，在阳光最好的山坡上，我吃掉了不少即将用来招待各国部长们的甜葡萄。离群索居这么长一段日子后，我享受与友人闲话家常的乐趣，用眼睛和嘴来表达心中每一刻的感想，将最精华和最独特的想法诉诸文字。

在所有艺术中，我最生疏、最不擅长的就是社交了。然而，有时在亲切的气氛下，与友人高谈阔论的乐趣是其他艺术所不及的。塔玛洛山的天空总是晴朗的，即使二十或十年前遗世独立的特殊魅力如今已不复再见，这湖畔一隅依然是友善的避难所。只要将旅馆和观光道路抛诸脑后，潜入陡峭的群山中，就远离了欧洲，远离了现实，置身于岩石、丛林、蜥蜴及蛇的国度。此地虽贫瘠，却缤纷绚丽、小巧精致、温暖亲切。去年我曾在这儿观察蜥蜴、蝴蝶与蝗虫，捕捉蝎子与螳螂，画了第一幅画，还邂逅了一只小狗，它一直跟着我，我为它命名“里欧”。我就这样踽踽独行，在荒烟野径中度过炎炎夏日。因而，此地处处都留存着往日芬芳，处处都能点亮记忆的火苗，无论是屋宇一角，还是花园或篱笆，无不勾起我对生命最艰难时刻的回忆；这里让我思考，为我疗伤，除了黑森林的故乡外，此生只有洛迦诺让我有家的感觉，这情怀至今仍深植我心中，令我感到喜悦。我在洛迦诺停留了四五天。第三天，我就感受到旅行的快活，这完全是我始料未及的；收不到邮件，因而不会有随之而来的烦恼，也不会有人对我提出种种要求，对眼睛、心脏、情绪的迫害全告消失。我知道这只是暂时的休养期，等到了下一站，到了我将停留较久的地方，所有烦琐的事物都会重新出现在生活里，至少信件便会转寄过来。但今天、明天及后天，都不会有邮件找上我，此时我是上帝的子民，我的眼睛、思绪、时间与心情只属于我和我的友人，生活里没有催稿的编辑，没有要我润稿的发行人，没有收集签名的人，没有年轻的诗人，没有要我建议如何写好作文的高中生，更没有大日耳曼组织寄来的恐吓函或诽谤函。这一切暂时不会再烦扰我，陪伴我的只有安详与宁静。天啊！几天没有邮件，就能发现人在一生中究竟囫囵吞枣了多少不必要的东西，就像一段时间不读报纸（我这几年未曾读过报纸）后，就会羞惭地领悟到，将每天美好的早晨时光浪费在社论、股票行情表等无聊的事物上，只是白白糟蹋了思想与心灵。没有书信多好，让思念、遗忘及幻想随着我的兴致飞翔，尤其不会让我老是想起文学，想起自己属于某个阶级、某个职业（一个暧昧、不正当、不受重视的职业），更不会让我想起年少轻狂时，误将天分当成职业来发展。

我慎重地、有意识地享受这段心灵休养期，并希望能一直设下多重障碍，让自己变成没有住址的人，没人能找到我；让自己能像一只天空孤鸟或一条泥地里的可怜虫，能像年轻修鞋学徒一样，天真地享受平凡与籍籍无名，而不愿成为愚蠢的名人崇拜的牺牲品，从此无须生活在那肮脏、充满欺瞒、令人窒息的公众空气之中。真希望我能有这种福分，多少次我试着躲开这虚伪。我一再体验到世间的无情，这世间要求诗人的，不是作品和思想，而是用来崇拜的名气和住址。就像坏女孩对待她的洋娃娃一样，为它打扮之后，又不屑地换下；尽情玩乐之后，又唾弃它，弃之如敝屣。有一回，大约将近一年的时间，我用笔名无拘无束地发表自己的想法和梦想，完全不受名利和敌意的干扰，也没有被“贴标签”的烦恼。直到有一天，有人泄露了这个秘密，一切就结束了。记者们发现之后，就像有人用枪抵在我的胸膛上一样，我不得不招认那就是我。快乐真是太短暂了。之后，我再度是知名作家黑塞了。我唯一的报复方法，就是尽量写些冷僻的东西，以便恢复平静的生活。

（1925 年）

我愿成为草，成为湖，成为棕榈

屋舍·田园·园篱

亲爱的屋舍，亲爱的园篱

池塘，田野，草坪

蜿蜒的街道，红黄交错的山丘与农田

绿意攀满的电线杆

一切都将消逝无踪，无一幸存

或遭铲除，或因风飞散

自此与艳阳无缘

我的朋友，我的树，亦将化为尘土

窗扉苍绿，屋顶湛红

啊！尽管如此

草叶啊，树叶啊，今日且婆娑起舞
我愿将你们一饮而下，融入体内
我愿成为草，成为湖，成为棕榈
为何无法与你们合而为一？
你们仿如幻影、神仙。净土上
唯独我浴于烈火
甜蜜、炽热、痛苦地燃烧
令我步履犹疑，心神不宁
唯独我因时间、恐惧、死亡而苦
啊！你们默然，无声地告诫着
苦闷。绘画。作诗。活着。一切继续着
且一饮而尽，一饮而空
在白日将尽之前

生命之戏永远激昂

夏日终曲

南阿尔卑斯山的仲夏，美丽而明亮。两个星期以来，我每天都因为夏天即将结束而忐忑不安，我将这种不安视为所有美感的附属品，那样的不安，带着某种神秘感，就像某种味道强烈而特别的佐料。一旦有任何雷雨征兆，更是格外令我担心，因为自八月中旬开始，即使是小雷雨都可能一发不可收拾，它可能持续几天不停，即使雨后天气放晴，夏天可能也早已随之消失了。在阿尔卑斯山南麓，夏日在雷雨中挣扎，然后轰轰烈烈地匆匆死亡，迅速消失，这过程几乎已成定律。当雷雨在天空肆虐几天之后，当无数的闪电，轰隆不止的雷声交响曲，以及温暖狂暴的大雨终告平息或消失之后，某个早晨或某个午后，曾呼风唤雨的云层散去，温柔澄净的天空中都是秋天幸福的颜色，而周遭风景褪去了些许色彩，阴影逐渐浓烈，深沉，扩大，那就像一个年届五十岁的人，昨日看起来仍健朗，一场突然的病痛，便让他挫败的脸上布满小细纹，仿佛沧桑给他每一道皱纹刻下了浅浅的沟痕。

去年夏天的雷雨十分可怕。当时，夏日狂野地抗拒死亡，那临死前的狂怒，那壮烈的愤恨，那挣扎不屈，令人胆战心惊。然而，一切终是徒劳，几番狂啸后，夏日终究无助地消逝了。

今年的仲夏似乎不会如此狂野，不会拥有如此戏剧性的结束。虽然仍有可能，但这回它仿佛想要不紧不慢地寿终正寝。近日散步时，我在阴凉的石窖酒馆享受有面包、乳酪和葡萄酒的乡村式晚餐。那几天，从散步在返家的途中，最特别的是那沉潜的夏末之美，它深深地刻印在我的脑海里。当时，温暖的空气均匀分布，冷空气缓缓冷却，夜露静静凝结，夏日虽略做了挣扎，但仍然静悄悄地消逝，那样的夜晚，显得特别不平凡。日落后若外出漫步两三个钟头，便可从身边无数的小小波动中，感受到这种夏日的挣扎。白日留下的暖空气整夜顽强地聚集着，隐匿在每一座森林、每一丛灌木及每一条山谷道路中，抵抗着风的吹袭。此时，山丘西侧的森林是暖空气的重要藏匿处，周围暴露于冷气中，因此，漫步于洼地、河谷或森林中时，由于树木的种类或疏密不同，可以明显地感受到空气的变化。就像滑雪穿越山区时，可借由调整膝盖位置来感觉地势的起伏及山脉的走向，几次练习后，滑雪者便能凭膝盖的感觉来了解整个山势。同样地，在这暗无星月的森林中，我借着些微的空气流动变化来感知周围景物。

一走入森林，膨胀的暖流迎面扑来，仿佛热气从暖炉中流泻而出。随着森林的浓密稀疏，温热的空气或膨胀，或减弱。湿湿的凉意令人感觉河道的存在，它们虽早已干涸，但泥土中仍残存着湿气。同一地区的气温，也因地点不同而有所差异，但在这初秋仲夏交替时节，更令人明显地察觉温度的变化。就像冬季光秃秃山头的玫瑰色，就像春天空气的湿润和植物的生长，就像初夏夜蛾的成群飞舞，在这样的夏末夜晚里，在奇特的空气变化中漫步，感官所经历的体验，同样也强烈地影响着人的生命力与情绪。

昨夜从石窖酒馆漫步回家途中，在山坡路与圣安波迪欧的坟墓的交会处，一阵湿凉冷风从草地和湖面吹拂而来。森林中令人惬意的暖空气逗留着，匍匐在金合欢、栗树和桤树之下。森林抗拒秋天，夏天抗拒死亡，这都是对命运的顽强抵抗！同样，当生命之夏流逝之时，人们也抗拒着衰竭与死亡，抗拒着自宇宙间逼近的生命冷流，抗拒着生命冷流侵入自己的血液之中。于是，带着全新的挚诚，人们沉醉于生活中的小玩笑及各种声响，沉醉于生命表象中的种种美好，沉醉于颤抖着的缤纷色彩，沉醉于匆匆飞过的云影；人们从充满恐惧的微笑中抓住逝水年华，从注视自己的死亡中获取畏惧与慰藉，同时战战兢兢地学会了面对死亡的艺术。这正是年轻与年老的不同。有些人早在四十岁或五十岁就超越了这道界线，有些人则直到五十岁或六十岁才察觉，但无所谓；此时，我们将生之艺术转向其他领域，过去忙于培养成熟洗练的人格，如今则努力摆脱、瓦解它。我们几乎是在一夜之间突然感觉自己老了，年轻时的想法、兴趣及情感，似乎遥不可及。如同夏日的稍纵即逝，这些过渡时期的小玩笑，令人感动，令人惊惧，令人发笑，令人颤抖。

森林不再翠绿如昨。葡萄叶开始转黄，叶下垂吊着蓝色、紫色的果实。傍晚的山峦闪耀着紫色光芒，天空带着翠绿色，渐渐步入秋天。之后呢？之后，不能再前往石窖酒馆，不能去阿尼奥湖午泳，也不能在栗树下小坐或作画了。能回到自己喜欢且有意义的工作岗位的人，能陪伴爱人的人，能回到故乡的人，是幸福的。梦碎的人，天气一变冷就躲到床上的人，因为逃避而踏上放逐之路、成为异乡客、旁观那些拥有故乡与朋友、倚赖自己的职业与工作的人，看他们如何努力辛劳，看战争与横祸如何在不知不觉中慢慢降临，破坏他们所有的信仰与努力。正是这种无所事事、无所信仰甚或失望的人，才看得见真相——老人以对真理的偏爱取代年轻人的乐观，因而，只有他们看得见苦涩的生命真相。像我们这样的老人，冷眼旁观一切——看着这世界在乐观者的旌旗下如何日臻完美；看着每个民族如何觉得自己日益神圣完美，同时日益理直气壮地穷兵黩武；看着艺术、运动及学术领域里的新巨星及新潮流，如何借由报纸而声名远播；看着一切事物充满生命的光和热，充满感激，充满高昂的生命力及强烈的不死意志。生命的焰火一波接一波，就和提契诺夏日森林里顽强的热空气一样。生命之戏永远激昂，内容虽贫乏，但对抗死亡的奋斗永不停息。

在冬天来临之前，还有一些美好的事物等着我们。蓝色的葡萄将又柔又甜，小伙子们边唱山歌边摘葡萄，头系彩巾的年轻女孩站在金黄色的葡萄叶中，宛如美丽的野花。许多美好的事物等待着我们，今日看似苦涩的事，他日将结出甜美的果实。好好学习死亡的课题吧。眼前且等待葡萄成熟，等待栗子落下，同时期望能享受下一次的月圆之乐。很快便老去了，而死亡还在远方。正如一位诗人所说的：

老者何等幸福
炉热，酒红
甚至平静地迎接死神——
只是，且慢，不在今朝！

（1926 年）

将万物或宇宙视为一幅画或一场短暂的云戏

暮霭

客厅兼书房的东面墙上，有一道窄窄的门通往阳台。从五月到九月底，那门日夜敞开着，门外悬着一个一步宽、半步深的迷你石砌阳台。这阳台是我最宝贵的财产，多年前，我因为它而决定在此定居，因为它而在周游各地后，满怀感激地返回提契诺的家。

拥有窗前视野辽阔且美丽的房子，一向令我引以为豪，同时也是我生活艺术的一部分。我从前的屋子视野都比不上眼前这幅美景。尽管屋内墙上石灰早已剥落，壁纸破旧不堪，许多地方也不够舒适，但使我定居下来的，正是眼前这幅景色。阳台前有座面向南方的古老花园，顺着山坡陡峭地向下倾斜，园内有呈扇形绿荫的棕榈树，有含羞草、茶花、紫杉，以及一座窄窄的架高玫瑰露台，露台上爬满了紫藤。这睡眼惺忪的老园子，以及几座长满栗树的静谧小溪谷，将我与世界隔离。从我的屋里向下望，便可看见栗树的树梢，栗树日夜沙沙作响，晚上更传来猫头鹰哀凄的鸣叫声。那庭园和长满栗树的溪谷是我的城墙，将尘世、人群与喧嚣全挡在墙外。即使我无法，也不愿完全逃离世界，它们仍尽力保护着我。不过，终究还是有条路通往我所居住的村子。每天，邮差会为我带来许多不见也罢的书信和访客，当然，其中有些仍是受我欢迎的。

一旦把门关上，我便完全听不到人间的任何呼唤。通常在午后或晚上，我总会关上大门，因为没有门铃，于是当我坐在迷你阳台上，俯瞰着村中鳞次栉比的花园露台时，无人能打扰我。我的目光飞过花园、森林和山谷，看见圣萨尔瓦托雷山及山后的根萝娑，看见闪闪发光的波雷萨湖支流，以及孔默斯附近的高峰，那山峰隘口直到初夏仍是白雪皑皑。

有时，夜晚坐在阳台上遥望与我齐高的云层，令我心满意足。眼见世界躺在脚下，心中不禁觉得不值一顾。在那个尘世里，我并不快乐，总觉得与它格格不入，而尘世也狠狠地报复了我对它的厌恶。不过它终究并未置我于死地，我坚持到底，努力与它抗衡，尽管未成为成功的企业家、拳击手或电影明星，但总算完成了十二岁时立下的志愿——诗人。同时我也明白，如果对世界不抱太大的希望，反而安静仔细地观察它，总是会有些收获的，这是受世间宠爱的成功人士所不知道的，观察是至上的艺术，是一种精致、有益且有趣的艺术。

我从观察暮霭的过程中，学会了这种艺术。晚上坐在小阳台上时，我总是与云共处，因为从我位于高处的小窝便可透视云彩。雨天或狂风暴雨时，云朵涌进我的小屋，灰白色的云絮悬挂在阳台栏杆上，甚至在我的鞋子四周匍匐而行。云朵四处翻飞，飘进蓊郁深谷，山谷在一道道闪电之下发出慑人的光；云朵飘至冰冷的黑湖上，融入惨白的天空中。天气晴朗时，蓝色的湖泊闪烁着黄昏的紫色光影，远方村落的玻璃窗上燃烧着金黄色的火焰，山脉西缘的霞光宛如切割后的红宝石；此时云霓五彩缤纷，兴高采烈、漫无目的地尽情玩着童稚的游戏。

少年时期，我曾对云有份虔诚、庄严的情愫，如今，年长的我，对云的热爱不曾减少，但却不再严肃看待。云就像个孩子，只有父母才会严肃地对待自己的孩子，长者热衷于返老还童，因而对孩子就像对自己一样轻松。激昂的热情是美好的，但适合年轻人，而抱持着幽默、悠闲，将万物或宇宙视为一幅画或一场短暂的云戏，则较适合上了年纪的人。

为了避免离题太远，还是言归正传。昨晚，雨季后第一个晴朗又潮湿的好天气，云简直疯狂了！起初，长条状的云层仍服帖地高挂在空中。渐渐地，清爽的风让它们翻滚纠缠在一起，慢慢变成静止的长筒状卷云。当一切暂告一段落，在天空尚未被鲜明、冷冽的蓝绿色清朗夜空征服之前，云朵依然维持着这种状态，整个天空依然上演着细长与膨胀之间的变化，云朵仿佛是一种兀自缓缓缠绕、徐徐胀大变粗的巨蛇。我才将目光转移了一会儿，刹那间，整个天空变得清朗无云，所有的云都变得缥缈，簇拥在地平线上，其上是金色和白色，中间则呈蓝色；所有的云都被拉长，形状就像太空船或鲸鱼；所有的云看起来都很立体，它们紧紧地挨挤在一起，但轮廓鲜明。

就在这时候，宝石般的山峰渐渐褪去了最后一抹玫瑰嫣红和金黄色，大地消失在黑暗中，只有夕阳余晖还暂时流连在天空中。云层变成了一艘飞船，尽管吹来了一阵强风，飞船似乎一点也不为所动，反而厚实地、坚定地停驻在山脊上；船头迎着风，冷凝的云色中渗入了些许的红及铜黄。你得好好地守着云、好好地注视着云，才不会在下一分钟就认不出它来；即使此刻的它笨重凝结，似乎静止不动，但云所幻化的形状不停地辗转反侧，游移不定。云朵假惺惺地戏耍着黄昏，玩着捣蛋的把戏，就像顽童趴在学校的围墙上向老师脱帽问安，等老师一转身，他们立刻跑掉，只留下他们嗤嗤的笑声在篱笆后回荡。

这会儿，一道长条状的云浮游于其他云朵之上，乍看之下，它仿佛金属般动也不动，在绿色的天空中，兀自闪烁着玫瑰色的光芒。突然间，云被照得通红——那种明亮耀眼的朱砂红，同时幻化成一条曼妙的游鱼，那是一条金光闪闪的大金鱼，身上有着蓝色的鳍，快乐、欢喜地迎向死亡。在璀璨的辉光里，薄暮即将告别，金鱼也将无法幸存，无法多留片刻。它的尾巴开始变成褐色，颜色越来越深，它的肚子也开始转为蓝色，不久，它上半身的边缘闪着明亮的朱砂红和金色。很快，鱼尾巴缩了起来，鱼头膨胀，鱼身变得圆滚滚的，当金鱼渐渐消失，身上的金光也随之渐渐褪去时，它蜷成一团球，从圆球之中吹送出两道灰色的云霓，仿佛吹出的是它的灵魂似的——它吹着，吹着，最后散了开来，并在越来越淡的暮霭中，消失得无影无踪。我从未看过如此滑稽的自杀方法。金鱼这家伙把自己蜷缩成水母，透过嘴、咽喉及某个洞中，用尽自身的力量，吹送出自己的性灵，吹送出自己的形体，让自己消散于无形。过去，当我尚留在山下的尘世生活时，总是严肃地看待世间和自己，因而历尽沧桑，其中最难忘的经验之一便是第一次世界大战。尽管如此，当时阅历并不少的我，不论是在人类社会、民族或政治之中，都未曾见过这么令人错愕、这么稚气的游戏。金鱼已离去，我今日的乐趣也随之销声匿迹了。屋内虽有本好书等着我，但我宁愿与我的金鱼再多神游一会儿。

（1926年）

水彩画

近午我早有预感——今日将拥有一个适合作画的夜晚。这几天多风，上午阴霾，晚上却经常清澄如镜。此时飘来一阵柔和朦胧的风，宛如一缕轻柔如梦的薄纱。噢，这一切我都十分熟悉，当傍晚的灯光斜映在地时，显得美丽无比。当然，也有其他各种美丽的作画天，本来每种天气都算是美好的作画天，不论是雨天，还是吹着诡异、透明焚风的上午，或是天气晴朗、可以细数四小时路程外邻村人家窗户的大好日子。但今天是特别的，今天不仅是可以作画的日子，更是必须作画的日子：每一抹红色，每一抹赭色，仿佛蕴含着丰富的音乐节奏，在周围的绿色之中跳跃着；一株株的葡萄架伴着影子，怡然自得、若有所思地伫立着，影子深处的每一抹颜色既鲜明又清晰。

早在童年时期的假日，我就知道有这种日子的存在，但那时我迷上的是钓鱼，而非画画。如果想钓鱼，随时都可以行动，在某些日子里，吹拂着某种风，空气中漾着某种气息，蕴涵着某种程度的湿气，天空中飘着某种云影，那么，一大早我就会知道，那天下午的石桥下将游着鱼，晚上则可以在水车旁大啖河鲈。而今，世界和我的生活已经改变，童年时垂钓的喜悦和饱足的幸福感，也已成为美得令人无法置信的传奇。然而，人本身的变化并不大，总想拥有某一种喜悦、某一种娱乐，于是现在的我，以水彩画取代了垂钓。只要天气显示那是个适合作画的好日子，我便会感觉到：远久以前属于童年假日的那种狂喜、那种期待及那种喜爱活动的欲望，再度回荡在我那早已老朽的心中。总之，每年夏天，我总会拥有一连串这样的好日子。

近黄昏时，我肩上背着装画具的背包，手里拿着行军椅，信步来到中午就选定的地方。那是村子上方的一处陡峭山坡，坡上以前长满了栗树，但去年冬天遭人砍伐殆尽，我曾画过几幅微散着芳香的残株身影。从山坡上可以看见村子的东边，那儿几乎都是由空心砖砌成的深色旧屋顶，但也有些新的浅红色屋顶。房子的屋角光秃秃的，墙壁并未涂上水泥，屋子与屋子之间都是花园和树木，周围则飘扬着白色与彩色的衣服。蓝色大山脉的对面，山峦起伏，红色的山峰投映出紫色的山影，右下方有一潭小湖，几座浅色小村庄在湖的对岸闪烁。

日渐西沉，阳光慢慢将屋顶、墙壁烘暖，投映其上的颜色渐趋金黄。我大约有两个钟头的时间可以作画，在开始之前，我俯瞰湖旁五彩缤纷的山谷、远方的村落以及近处明亮的树干。树干分岔处，冒出茂盛的小树芽，树与树之间是干燥的红泥土，土上含云母成分的小石晶晶发亮，雨季的积水在地上刻画出一道道的深沟。接着，我观察我居住的村子，那个由墙垣、山墙、屋顶所组成的温暖小丛林，我熟悉其中的每一道线条、每一块平面。我曾仔细研读它，并用笔临摹。从前某个得用丹青才画得出来的大屋顶，最近换新了，屋顶下是有着柱子和屋檐的宽广露台，秋天时吊满了金黄色的玉米梗。那是吉欧梵尼的家。他的父亲原是村中最年长的人，才刚过世几个月，吉欧梵尼继承了房子，变富有了，于是卖力地将房子整修、加盖、粉刷、油漆，甚至换了一个新的大屋顶！最后面是小卡娃蒂尼的小屋子，其中至少有一扇门刚上过漆。小家伙快结婚了，面对花园的那面墙上开了一扇门。

一切似乎理所当然。这些人拥有自己的家后，盖起新房，结婚生子，晚上坐在门前抽抽烟，周日则到石窖酒馆玩波西卡球，其中有些甚至还当选村民代表。所有这些房子或小屋各有所属，它们的主人在其中居住，吃饭睡觉，看孩子成长，赚了钱或负了债。同样地，每个花园，每株树，每块草地，每座葡萄园，每簇月桂丛及每片栗树林，也都各有主人，主人们或将它们出售，或将它们传给子孙，因它们而喜而忧。孩子们则前往新建的大教室，以便学习必备的知识；经过三个月的暑假，他们既勇敢又贪心地朝着人生之路前进，然后建造属于他们自己的房子，结婚，拆掉墙垣，种植树木，欠下债务，再把下一代送进学校。他们眼中的花园、房屋，和我所看见的不同；或者该说，我无法体会他们的喜怒哀乐，例如地窖里积水，仓库老鼠为患，壁炉无法生火，园里的阴影太多遮盖了豆苗……这些我看不见，因而并不为此感到喜悦或烦恼。然而，我眼中所见的村庄，也是人们未曾看到的。

人们看不见远处惨白、剥落的石灰墙在蓝色天空的映照下，是多么显目，它们映在地上的影子，又是如何改变着；人们看不见山墙闪烁的殷红，在含羞草的绿丛中，微笑得多么温暖轻柔。阿丹米尼那座深赭黄色的房子，在深蓝色山脉的衬托下，看起来多么壮丽，他花园里在扁柏遮盖下的树丛，看起来又是多么滑稽；人们看不见这些颜色的音符在这样的时刻里，调出最纯净、技巧最高明的曲调，这个小世界中的色彩明暗变化及光影的战争，随着光阴的流逝而有所不同。人们也看不见，黄昏里，金色的炊烟如何在蓝色贝壳般的山谷中画下一缕淡淡烟痕，让对面的山脉显得更沉落于地平面之下。如果有像这样盖屋、拆屋、种树、砍树、漆窗或在园中播种的人存在，那么，也该会有个人，他冷眼旁观众人的庸庸碌碌，观察各个墙垣、屋顶的变化，他喜爱这一切，并试着把这一切融入画中。

我并非杰出的画家，作画只是业余嗜好。但在这广阔的山谷中，没有人像我一样，如此熟悉并热爱此地的四时变化，地形起伏，湖岸形状，以及绿荫中四通八达、充满情趣的小径。没有人像我一样，时时惦记着这一切，并生活其中。于是，画家戴上草帽，身背背包和小行军椅，置身美景之中，随时在葡萄园或森林边缘徘徊探索，学童们偶尔会嘲笑他，而他偶尔也会羡慕人们的屋子、花园、妻子与孩子，羡慕人们的快乐与烦恼。

我以铅笔在纸上画了些线条，又取出调色板并加些水，然后将画笔蘸满水，调上我图画中最明亮的橘黄色——那是肥美多汁的无花果树的颜色，是阳光投射在山墙上的颜色。此时我将吉欧梵尼和马利欧抛在脑后，对他们的烦恼无动于衷，就像他们不在意我的烦恼一般。我聚精会神地努力与绿色和灰色搏斗，努力以笔濡湿远山，并在绿叶间添点红色和蓝色；我得多费心处理马利欧红屋顶下的影子，也得努力描绘墙壁阴影上那圆形桑树的金绿色。在这样的薄暮时分，在村子上方山坡上短暂停留并专注于绘画的我，此刻并不是在观察别人的生命，也不是羡慕或批判他人生活的旁观者。我热爱我的游戏，就像其他人热爱他们的游戏一样，那么贪心，那么稚气，那么勇敢。我将全部精神投注在自己所热爱的娱乐里。

（1926 年）

秋天

我逃离屋子，逃离那阴凉的房间一个小时。房间地上放着我收拾了四分之三的旅行箱，箱里塞满书、文具、鞋子、衣裤、信，因为秋天又到了。每年此时，我总会踏上旅途，躲避冬天，我之所以离开南方，并非因为此时温暖的阳光已不在，而是为了逃向北方的建筑，那里有着温暖的壁炉、温暖的浴室，即使也有雾、雪和其他令人扫兴的事物，但那儿也有友人、莫扎特和舒伯特的音乐等我喜爱的东西。

噢，秋天怎么又来得这么快。今年的晚夏胜过往年，好像永不结束。天气一天天地微微改变，人们日复一日地等着下雨、刮风或起雾，然而湖边山谷依然升起金黄、温暖、光芒四射的太阳，只是升起的时间一天比一天略晚，而且不是从同一个山头升起，只有仔细推算、观察的人才会注意到，太阳每天升起的地方会逐渐往孔摩的方向移动。每天都是艳阳天，上午光亮无比，中午炎热，晚上则彩霞红艳似火。经过短短两天的天气变化，突然间秋天悄悄地来临了，即使中午依然炎热，晚上依然霞光四射，但时序早已不是夏天了，空气中飘浮着死亡与别离的味道。明天我将离开此地几个月。我来到森林漫步，离情依依。远看之下，森林依然绿意盎然，走近一瞧才发现林木已经衰老，死亡的阴影笼罩。干枯的栗树叶沙沙作响，颜色日益枯黄；细小的杜鹃叶在风中戏耍着；一些阴湿的森林和山谷虽然仍是深蓝色，却已布满金黄色的枯枝，枯枝上金黄色的小叶子闪烁，风一吹便纷纷落下。

尽管树梢枝叶看似繁茂，但沟渠之中的枯叶，已堆积如小丘。去年春天复活节之前，我在这儿发现了疗肺草双色的花，以及一大片爬满了红蚁的空地。当时，空气湿润，花草香味浓郁，沼泽地绿芽茂盛，河水湍急。而今，一切都枯萎，凋零，干枯了。风一吹，硬涩的草和干枯的黑莓藤便紧紧地纠缠在一起，嘎嘎作响。林中只有睡鼠依然到处乱叫，但一旦入冬也就噤若寒蝉。

我净想些没意义的事情。出来散步时，一心还想着打点行李的事——该不该带几本德国克布林版本的书？或是带包尔出版社寄给我的？其中一本我已看过，但意犹未尽，这个版本的书值得赞赏。有必要看克布林吗？啊，其实不看也无所谓的，这样一来，行李箱就会轻一点。那么，我一定要带那本岛屿出版社的《新歌与旧曲》，这本书堪称当代德文最优美的书之一。这是一本民谣书，收集了新旧歌谣（新歌部分只适合收集斯勒福格特和汉斯·迈德），其中还有五线谱和插画，真是一座小小宝库，编辑方式模仿古代，但依然极富创意。也许我该带那本既美丽、编选得又好的《约翰·彼得·黑贝尔选集》，这本书由弗莱堡黑德卿出版社的菲利浦·维特科普编辑，书中仍使用希特的旧插画。我一定要带着雷克曼出版社的《巴赫奥芬集》，也许还有卡鲁斯的《人间十二封书信》，这本书由伯努利和汉斯·柯恩重新编辑。我在青少年时就拜读了他的《心灵》，如今他已是德国浪漫文学的大文豪之一。天啊！现在还有人了解浪漫主义的精神吗？这德意志的浩瀚波涛看来已无声远去，“浪漫”一词似乎成了一个贬抑的词语，今日德国人用它来谩骂一切无意义、异想天开或是年轻而充满理想的事物。偏偏出口谩骂的，都是些大言不惭的人，他们自诩爱国人士，以“浪漫”来责骂那些自认情感较崇高、竭尽全力想阻止战争的年轻人。

唉，算了吧！所有的书都留在家里吧。让我们重新整理思绪，现在，思考是不受重视的。我宁可张开鼻孔，尽力吸进逝去的夏天，以及早到的秋天。啊，我闻到了令我喜悦的气味——一种潮湿、浓郁、油润、沉闷的味道，闻起来像菇类植物，是这儿少见的牛肝菌菇，提契诺人也很喜爱这种菇，总是拼命地寻觅。

刚才我遇见一个人，他像猎人般紧张兮兮地走来走去，四处搜寻。他走过我的身旁，穿过树林，眼光犀利地盯着地上，手上拿着轻细的树枝，任何可能生长菇类的地方，他都会拨开稀疏的树叶查看。但他找不到又大又漂亮的菇，因为它早已被我摘来当晚餐了。明天，我就要踏上旅途离开此地了，几个月之后，又得衣冠楚楚地套上硬领，打上领带，穿上大衣与背心，以这一身打扮在人群中生活，在城里、餐厅、音乐会、社交舞会里度过冬天。那儿不长菇类植物，春天不会绽放姹紫嫣红的疗肺草，秋天没有褐色沙沙作响的蕨类植物。啊，算了，看在上帝的分儿上。昨天一位陌生人前来找我，提醒了我，明年是我五十岁生日。他来找我，是想请我谈谈我的一生，以便写一篇文章为我祝寿。我告诉他，他为我不辞辛劳，着实令人感动，但我的一生乏善可陈。他提醒我的大寿，虽然出于善意，但对我而言，却像是一位好心的陌生人突然造访垂死的人，提醒他来日不多，并把自认最好的棺材工厂目录塞到待死者的手中。我打发了陌生人，但却久久去除不了舌上那恶心的感觉。秋来了，四下飘浮着凋零、灰发、欢庆与坟墓的气味。

小小的红色康乃馨，在枯黄树叶之后恣意绽放，火焰般的花朵在枯黄的草中摇曳着。它并未附和凋零之歌，它欢笑着点燃火焰般的花朵，好似摇着小红旗，直到第一次降霜时才告凋谢。我爱你们，亲爱的小兄弟，我喜爱你们。带着一枝火红的康乃馨，它伴着我，无论前往何方，我前往另一个世界，前往城里，前往冬天，前往文明。

（1926 年）

返乡

谢天谢地，我逃离城市了。结束了打点行李的旅行生涯，离开六个月后，终于返家。再次搭车经过哥哈特，这段路我已走过上百回，但每次仍乐在其中。在葛青见到的纷飞大雪，在阿洛罗道别的雪景，在飞亚铎草地上绽开的第一朵春花，在吉尼各怒放的第一朵梅花与梨花，皆是美景。

但抵达卢加诺后所见到的光景并不怎么好。当时正逢复活节，游客如蝗虫般聚集于此，再也没有其他地方像卢加诺一样，让我对地球的人满为患感到如此憎恶。卢加诺是座小城，四分之一的居民迁自柏林，三分之一来自苏黎世，五分之一来自法兰克福及斯图加特，平均每平方米住了十个人，每天有许多人几乎惨遭挤死，但却不见人口减少。每列抵达此地的快车上，都载着五百至一千名新来乍到的旅客。当然，这些人十分友善，也很容易满足，一个浴缸中或一棵苹果树上能睡三个人。他们心怀感激，一边吸着马路上的尘埃，一边透过苍白脸上的眼镜，观看繁花盛开的草地；草地上的铁丝网正是为了防止他们才围上的，几年前，草地仍沐浴在阳光下，只有一条小人行道贯穿其间。这些友善的陌生人既有教养又有礼貌，他们非常谦让，即使开车擦撞也不抱怨；为了容身之处，他们走上一整天，沿着村庄拼命地寻找，结果仍是徒劳无功。他们对着酒馆女侍身上那早已失传的提契诺民俗服装频频拍照，同时啧啧称赞，并试着用意大利语与女侍们交谈。对他们而言，一切都是如此美妙与神奇。然而，他们却未曾注意，由于旅客络绎不绝，这中欧仅存的桃花源，一年比一年更像是柏林的卫星城。这里的车子逐年增多，旅馆家家客满，连脾气最好的老农也架起铁丝网，以免蜂拥而来的观光客踩坏他们的草坪。一片片草坪及一座座森林消失了，变成建筑用地，筑起了围墙。钱、工业、技术、现代精神，早就征服了不久前仍如梦如诗的景色，而我们，这块土地的老朋友、知己、发掘者，就和讨厌、落伍的东西一样，也该被堆弃在墙角。在土地投机客砍倒最后一株栗树之前，我们之中的最后一人会在栗树上上吊自尽。

不过，我们暂时仍可借由几个简陋的保障来幸免于难。其一是此处某些地方经常流行的斑疹伤寒，去年我的一对朋友夫妇便在提契诺死于斑疹伤寒。其二是许多人误传卢加诺风景最美时节是四月（其实此时大多是雨季），夏天则炙热难当。如此一来，我们倒乐得独享留给我们的炎炎夏日，春天时则对他们睁只眼闭只眼，甚至经常还得把两只眼睛闭上才行。我们关上门，从门缝中观看那黑压压的观光人潮，他们简直像是一支永无止境的行军队伍，天天川流不息地走过村里，膜拜着曾经迷人但如今即将消失的残余风景。

世界真是拥挤啊！放眼望去，四处都是新房子、新旅馆、新车站，所有的建筑物都扩建了，同时加盖了一层楼。无论是地球上的哪个地方，即使是在蒙古戈壁或土耳其斯坦，想要单独散步一小时且不遇见人群，都是不可能的。

唉，小地方也有相同的命运。我那狭小的独居之窝也挤满了东西，小小的屋里越来越拥挤，仅容旋身。墙上画满了，因而没地方挂画；书架摇摇摆摆的，因为架上放满了两排书，负荷过重。但书仍不断地增加，书房的地上总是堆满了包裹，走路时得小心翼翼地伸出脚来，这样才能在包裹堆中找到立足之地。包裹里的那堆烂作品中总会有本好书，好书不死。每次我都下定决心不再读新书，但出版社却一再寄来新书，屡屡让我改变心意。真是服了他们。我清掉了几百本不再阅读的书，但仍留下了一些好书，无论如何，我珍爱这些书，想保留在身边，因而用尽力气将它们塞回摇摇晃晃的书架上。

屋外野樱草和小菊花盛开，陌生人成群结队的黑影在原野中穿梭晃动时，我躲在斗室里，阅读令人欲罢不能的书。复活节到卢加诺是时下的流行，因此人潮涌进此地，十年后，他们会改去墨西哥或洪都拉斯，如果现在流行的是读美丽的诗或小说，那么他们一定会一窝蜂地抢阅那些作品。我想，还是将这样的任务交给我，让我为众人阅读吧！当恶名昭彰的溽暑开始时，我将在小森林里或草地的小径上呼吸，流连。届时，那些陌生人或者待在柏林的家中，或者前往高山地区，天晓得他们去了哪里，总之，在那样的地方，他们必须和别人争夺最后一个空床位，或者他们会因为自己车子所排放的废气，呛得咳嗽或睁不开眼睛。那真是奇特的世界！

（1927 年）

与妮娜重逢

离开数月后再重回提契诺的小山丘，我为提契诺的美而惊叹，为提契诺的美而感动。重回提契诺，不仅是单纯地重返此地的住处。首先，必须强迫自己重新适应新的环境，再度与过去的生活搭上线，重拾旧日的习惯，寻回往昔的影子与故乡的感觉，如此，南方的乡居生活才算开始。我不只是打开行李箱，找出适合乡居的鞋子和夏衣，更须看看冬天时是否有雨洒进卧室，看看邻居们是否安好。我必须瞧瞧这半年来有何变化，而文明的演化又向前跨进了多少？这可爱的地方长久以来保有的纯真，也渐遭文明剥夺，接受了文明的洗礼。没错，下方山谷的山坡上，整片森林遭砍伐殆尽，即将盖起别墅；街上的弯道被拓宽了，那里原有的美丽花园因而消失；硕果仅存的驿马车站也关闭了，为汽车站所取代。对这些狭窄的老巷而言，新车的体积实在太大。我再也看不到皮耶罗身穿蓝色驿站制服，驾着两匹活力充沛的马所拉的黄色马车，咔喇咔喇地下山去；我也不能偕他下班后坐在石窖酒馆里，一边饮着葡萄酒，一边小憩片刻。啊，我再也不能坐在美丽无比的森林旁俯视利古诺，那曾是我最喜欢作画的地方，但某个外地人买下了那儿的森林和草坪，架起了铁丝网，在过去长了几株美丽栲树的地上盖起了车库。

过去那茂密的葡萄树下的草地上又长出了一些青翠嫩芽，青绿色的蜥蜴在干枯的树叶下窸窸窣窣地穿梭。森林里，长春花、银莲花及莓实花蓝白相间，透过青翠的森林，可看见冰凉、清冷的湖光。我取出行李中的衣物，听听村中的新鲜事，向杰修的遗孀致以哀悼之意，祝福妮亚特里那黑眼睛的小婴儿班比雅好运，然后找出背包、行军椅、水彩专用画纸、铅笔、颜料等画具，准备作画。绘画最美好的部分，是以鲜丽明亮的色彩填满调色板的小格子——赏心悦目的钴蓝、笑颜灿烂的朱砂红、柔和的柠檬黄、澄澈透明的藤黄。调色完毕，开始作画可不是件容易的事。我总爱拖拖拉拉的，一天拖过一天，明天，星期天，甚至拖到下个星期。六个月后，我坐拥绿意中，润湿彩笔，准备捕捉部分夏意入画，但却张着对周围感到陌生的眼睛，垂着不知如何下笔的双手，无助、伤心地枯坐着，草地、天空、云朵看起来比以前更加美丽，想将之入画似乎更不可能，更富挑战性了。算了，再等一阵子吧。

无论如何，整个夏天、秋天在我眼前开展，我希望能享有几个月的安适时光，能在野外度过悠闲漫长的一日，能稍稍摆脱痛风的纠缠，能玩玩色彩游戏，能过着比冬季时光、比城市生活更快乐无忧的岁月。光阴飞逝，有些当年我刚搬到村中时遇见的赤脚学童，如今已经结婚，并在卢加诺或米兰的打字机前或柜台后工作；当年的村中长者，则早已作古。

突然，我想起妮娜。她还健在吗？天啊，我竟然直到现在才想起她！妮娜是我的朋友，是我在这附近少有的知心好友之一，她已七十八岁，住在附近一带的偏远村子里，那儿尚未接受新时代的洗礼。前往她的住处，必须走过一条陡峭难行的路。我得先在太阳下朝山下走上数百米，绕到山的另一边后再往上走。我决定立刻行动。我走过葡萄园和森林，在那儿下山，穿过窄窄的绿色山谷，然后在山谷另一边爬上陡峭的山坡，在那儿，夏天长满了阿尔卑斯山紫罗兰，冬天则布满了基督玫瑰。走进村里，我问首先遇到的一个小孩，老妮娜好吗？他说，噢，她还是习惯晚上坐在教堂墙上嗅烟草。我满意地继续赶路。她还活着，我并未失去她。她将会亲热地欢迎我，絮絮叨叨地埋怨这个，抱怨那个，但在我眼中，她树立了孤独老人最坚毅的典范；她向来坚强地承受年迈、痛风、贫困和孤独，而且怡然自得；她唾弃世界，决不卑躬屈膝，同时从不停止深思，直到生命最后一刻也不需要医生和神父。

我走在艳阳高照的小路上，经过教堂，走进古老阴暗的废墟阴影里。那废墟傲然矗立于山背的石崖上，此地没有时间，没有今日，只有不断升起的太阳。除了四时移转外，此地更无变化，十年又十年，世纪复世纪。有朝一日，古老的城墙将会颓圮，这阴暗、不卫生的美丽角落将被改建，抹上水泥，装上铁片，里头将有自来水、卫生设备、留声机及其他文明的东西。而老妮娜的埋骨处，将矗立一座有法国菜单的旅馆，或是某个柏林富人建造的避暑别墅。现在，废墟仍在，我顺着蜿蜒的石梯拾级而上，来到我的朋友妮娜的厨房。一如既往，厨房中充满浓郁的岩石、冷空气、煤炭、咖啡及生柴的味道，大壁炉前，老妮娜正坐在石地板上的小板凳上生火，用她那因痛风而弯曲变形的手指将木柴放进火里，煤烟熏得她双眼直流泪。

“嗨，妮娜，你好！一切如何？还认得我吗？”

“哦，诗人先生！我的好友！真高兴再见到你！”

她站起身来。我想阻止她，但她依然费尽力气移动僵硬的肢体，慢慢站了起来。她的左手摇摇晃晃地拿着木制烟盒，胸前和背上围了块黑色毛织品。她那美丽、老迈的脸如猛禽般敏锐，双眼炯炯有神，目光既悲伤又嘲谑。她望着我的神情，仿佛正和哥儿们开着玩笑。她读过《荒原狼》，她知道我虽然是个绅士与艺术家，但仍未出名，她也知道我独自在提契诺漫游。我和她一样运气不太好，毋庸置疑，我们俩都殷切盼望好运降临。可惜，妮娜，你比我早出生了四十年。可惜，不是每个人都能发现你的美。你的眼睛发炎，四肢略微弯曲变形，手指肮脏，在许多人眼中，你就像个老嗅着鼻烟的巫婆。然而，在那布满皱纹的脸庞上，你的鼻子多俊秀！当你站立时，你瘦削的身躯挺直，举止何其优雅！你那美丽、自由、无惧的眼神，何其慧黠、自信、高傲，但却毫不令人畏惧。白发妮娜，你曾是多么美丽的姑娘！多么迷人、勇敢、有个性的女性！妮娜使我忆起去年夏天，让我想念我的友人、我的妹妹和我的爱人。此时，她一边留意着水是否沸了，然后倒出咖啡，摆好杯子，请我吸口鼻烟。现在，我们在火炉旁一起喝着咖啡，有时朝火里吐口口水，一边聊着、问着，偶尔默默坐着，有一搭没一搭地聊着痛风、冬天，以及生命中的怅惘。

“痛风，这贱东西！痛风，可恨的贱东西！肮脏的贱东西！去见魔鬼吧！算了，不骂了！真高兴你来看我。我真的很高兴我们一直是朋友。人老了，就少有人来往了。我已七十八岁了！”她再度费劲地站了起来，走进旁边的房间，房里镜框上插着褪色的照片。我知道，她想找东西送我。若她找不到东西可送，便会将旧照片送给我当礼物。如果我婉拒，那么她就要我至少得再吸一吸她的鼻烟。

这位朋友的厨房里浓烟密布，一点也算不上干净。那儿的地上吐满了口水，椅面上编结的稻草向外翻垂；铁壶十分老旧，被炭火熏黑或因沾满烟尘而转成灰色，壶由于长年的咖啡渍而结成一层厚厚的硬壳，从这壶中煮出来的咖啡，只有极少数人才敢喝。我们过着与现世、与时间无争的日子，生活环境虽然有点粗鄙、凌乱、破旧、不干净，但却依山傍林，鸡羊围绕（鸡到处乱跑，咕咕乱啼），并与女巫、童话为邻。破铁壶煮的咖啡滋味真好，深黑色的浓咖啡带有一点煤烟的涩涩芳香。我们并肩而坐，喝着咖啡，骂骂粗话或谈谈知心话。妮娜那张坚毅的老脸，胜过十来次的下午茶舞宴，胜过十来次与知名文人座谈的文学之夜，即使我并不否认这些美好聚会也有某种价值。

屋外，夕阳西下。妮娜的猫溜了进来，跳到她的膝上。火光照在石灰砌成的石墙上，显得更加温暖。屋内阴暗，躲在这空荡阴暗的洞穴里，冬天想必奇冷无比。除了壁炉里噼啪作响的小火苗外，这名罹患痛风的孤独老妇人只有一只猫、三只鸡伴着她度过晚年。

妮娜将猫赶下膝盖，再次站了起来，在昏黄的灯光中，她站立的身影有如鬼魅。她瘦骨嶙峋，雪白的发下是那张目光犀利的鹰脸。她还不让我离去；她请我留下来，再多待一个钟头，然后便去取出酒和面包来。

（1927 年）

五月栗林

五月，这时节与随后而至的深秋，是南方山景最美的时候。整个夏天，所有山坡上和低丘里的森林，都是一片深浅不同的翠绿、蓊绿、苍绿，若不是缤纷亮丽的村庄点缀其间，若不是远方几座俯视着的皑皑雪山，此地的风景恐怕过于单调。然而，栗树直到此时才冒出新芽，栗树林仍稀疏澄透，最晚开花的几棵野樱花期甫过，早熟的金合欢才刚开花，这南方森林油绿中带着一抹玩笑似的殷红，令人沉醉；透过稀疏的枝叶，仍可仰望天空、星斗及远山。

此时的森林之王是子规，它低沉的嗓音哼唱着爱之曲，在寂静的山谷、阳光灿烂的山顶森林与阴森的深壑里回荡着；它呼唤着春来了，吟诵着不死之歌，因而人们总爱向它追问自己何时阳寿将尽。透过森林，子规的啼声听来低沉而温暖。童年时在黑森林和莱茵河谷听到的子规歌声，与在阿尔卑斯山南麓或我儿子在博登湖首次听到的子规啼声，几乎相同，那啼叫声似乎亘古不变，一如太阳与森林，一如青绿的嫩叶，以及飘浮在五月空中的白色或紫色云彩。子规鸣唱着，年复一年，不曾歇息。没有人知道，自己所听到的是否仍是去年那只子规的鸣唱，而我们童年、少年、青年时期的那只子规，又飞往何处？它那低沉醉人的歌声，仿佛因追忆着美好的过去，预言着未来，渴求着情爱，冀望着幸福而狂吼着。今日的它，依然吟唱着昨日的歌；不论呼唤的是我们或我们的子孙，不论在摇篮旁为人吟唱催眠曲，抑或在墓上低唱着挽歌，子规毫不在意；它依然如故。这位羞涩的兄弟并不轻易现身，因为它喜爱独行，也正因为如此，我喜欢子规。对大多数人而言，子规不过是绿色森林中那美丽低沉、引人倾听的声音，即使听了千万遍，也从未见过它的身影。昨天我曾问一群年约十二岁的学童是否看到过子规，结果只有一个孩子看到过。

然而，我却经常看到子规——我那怕生、快乐的森林兄弟。它总是神龙见首不见尾，它的故事无比传奇。尽管深藏不露，这两个月里，它仍是森林里隐形的国王，主宰着一切。它借着歌声，不断发出爱的呼唤，但却毫不在乎婚姻、家庭或子女。我的子规兄弟啊，你是我最喜爱的动物之一，请继续啼唱。虽然我也属于肉食性动物，但仍能与所有动物和平相处，我能与每一只动物打交道，我了解它们，并乐于与它们为伍，即使是害羞、罕见、渺小、神经质但又十分顽劣的高山狐狸，我也有幸遇见过。很幸运，这几天我又见到子规了，不止一只，而是一对成双成对的子规。当时我正在采摘五月花，看见它们，我像枯木似的静静站立了好一会儿，它们完全没有感觉到我的存在。在栗树和柃树间，这对鸟儿在高高的树梢忽上忽下地追逐嬉戏，伶俐的飞翔姿态，宛如欢迎队伍的花絮。又大又黑的鸟儿展翅呼啸掠过一株株的树，愈飞愈狂野，倏忽疯狂地转了个大弯，猛然冲向地面，随即像阵烟火似的直上树梢，稍作休息后，立即引吭高歌。

我不是每年都看得到子规的，这一生至今不过十几次吧。我的双腿不再健朗，今后，恐怕再也无法常常看到它。再过不久，害羞的子规兄弟就只能为我的子孙歌唱了。希望子孙们能好好倾听它博学多闻的啼声，向它学习，学习它那大胆且令人震慑的春的飞翔，学习那温暖诱人的爱的呼唤，学习那纵情放浪的生活，以及对世俗（包括对高原小狐狸）的鄙弃。每天，我在森林中逗留几个小时，除了小菊花、疗肺草等美丽的花朵外，五月花和带斑点的兰也盛开了。有时，我在林中作画，有时在草地上睡觉，有时则躺着看书。我从出版社丢给我的书堆中选了几本珍贵的书，作为这美丽日子里的春粮。我常带着这些心爱的书，来到有五月花丛、兰花和子规的地方。

我近来所读的书之一是《在少女们身旁》[1]，作者是普鲁斯特。普鲁斯特在三年前才终于受到德国文坛的重视，原先国内的评论家提起他时，总神秘兮兮地窃窃私语，仿佛他是见不得人的宝物似的。如今，他们

1. 马塞尔·普鲁斯特的意识流小说《追忆似水年华》分七卷分别出版，《在少女们身旁》是小说的第二卷。

认为他只不过是个懦弱、颓废的人，只是一个二流的作者。这些人的舌头该长烂疮！我才懒得理他们。我们应该庆幸天下还有如此温暖、绚丽、可爱的作品，洋溢着心思纤细的作家特有的曼妙幻想与性灵之美。然而，他已听不到子规啼叫了。

此外，我又重读了几本高尔基精选集中的小说，这套精选集是由柏林的马立克出版社出版的，目前已出八册。我喜欢他的书，并不是因为他无产阶级的背景，也不是因为他那美丽、高贵的思想内涵（即使不是诗人也能拥有这样的境界），而是因为书中几个令人难忘的场景，只有大师才能以如此炽热、痛苦的语言描绘出来。和普鲁斯特及高尔基作品一起带在身旁的，是马泽雷尔作品的小型绘本普及版。《我的日记》或《太阳》是现代人类的窘困与激情的见证人，书中的内容热情澎湃，其中的哲思与警句，打动了成千上万对文字无动于衷的人。如今，没有一位艺术家能像他一样，如此强烈又浅显地表达时下的生命感情。

切斯特顿的《天外飞来一箭》是一本出色的小说。切斯特顿的头脑真好，每次阅读他的作品，都令人觉得开心。美中不足的是，他真爱卖弄他的幽默。算了，就当作是工作之余的娱乐吧！最近我也看了几页波尔加的小品文，他顺手拈来便是好文章。柏林的罗沃出版社为他出了一本新书——《天上弦乐》。这两天下午，我坐在树叶稀疏的栗树下或青苔上，阅读《艺术家论艺术》，这是由贝尔纳格斯编辑的，收录了五世纪以来画家及其他艺术家谈论艺术的书信。虽说收集的信件时间范围长达五百年，但其实大部分都是十九世纪的书信。我将这本充满艺术表白的书，送给一位自诩艺术家的年轻画家，陪伴他的第一次巴黎之行。

我还看了《城堡》，这是那位被埋没的作家卡夫卡的遗著，是一部充满深奥与魔幻寓意的文学作品。德国总还是有些有才华的人，能够写出令人心向神往的文学作品。这也许是神话，但我对神话国度里的人保证，在卡夫卡的《城堡》中，的确可以找到真正的瑰宝。如果读者应用梦的法则，不只会发现小说中的迷幻梦境和错综复杂的关系，更会为他简洁、严谨的文字所倾倒。夏天即将到来，森林的枝叶就要连成一片绿意，柔软稀疏的纱草将在森林空地上向上生长。晚上我将听见猫头鹰的呼声。猫头鹰不亚于子规，也是备受我尊重的鸟儿。它也是羞涩、深藏不露的，轻飘如梦幻般，飞翔时静如云朵。它是猎食性动物，齿利爪硬，比任何动物都聪明，更别提人类了。夏天将至，森林中充满新的声音、新的芳香及新的色彩，今日小小绿芽钻出地面，但终会僵直、枯老，而子规也将消声。只有太阳、星斗继续绽放着光芒，还有出版商们会继续寄来好书。

（1927 年）

作画

又一次好运，我再次溜了出去，省了一上午的时间。暂且将责任撇在一旁吧，暂时放下日常生活的琐事。难道我必须守着“责任”这无聊、生锈的机器，让它运转不断？出版社要我修改的稿子，缓一缓吧；波鸿或多特蒙德某位先生请我冬天前去演讲，等一等吧；学生和少女们的信，等一等吧；柏林、苏黎世的客人，等一等吧。但愿他们在我门前徘徊时，别老是高谈阔论文学，请欣赏这儿美丽的风景吧！此时若趁机逃走，至少我可以多出半天，甚或一天的时光。

我将这一切全抛诸脑后，这几个钟头不再想起书，也不再想起书房。此时只有我、阳光、苹果绿般柔和晶莹的九月晨空、桑葚与葡萄藤亮黄的秋叶。

手里拿着写生用的小行军椅，那是我的魔术道具和神奇披风，它协助我变了上千次魔术，打赢了对抗可恶现实的战争。我肩上背着背包，里面装着小画板、调色盘、水彩、画画用的水瓶、美丽的意大利画纸、雪茄和桃子。邮差大约在十分钟之内便会抵达，我得赶紧在遇见他之前离开。我快步离开村子，嘴里哼着意大利军歌：“再见吧，兵营。我们不会再见！”

走了几步，在长满葡萄树的山坡阴影下，一走进青草因露湿而弯腰的小径，一幅美景便吸引我驻足停留，这美丽又神秘的景色令人眼睛一亮，令人想将它绘入画中。那是一个满布紫杉、棕榈、木兰和多种灌木的老园子，树木沿着陡峭的山坡往上蔓生，微微弯曲的针叶树梢如火焰般冲上天空，红色屋顶仿佛在下方深绿的树海中燃烧着，轮廓鲜明的倒影投映在湖面上。上方高处的林园里，耸立着一座颜色明亮、棱角鲜明的农庄，它从庭园及树木的天堂中，既温柔又做作地俯视着一切。其实我并不想走到这儿就停下脚步，因为这里几乎还没离开村子，何况高大的草还会将脚弄湿。然而，没有什么能阻止我在此作画的冲动；红色的屋顶、烟囱下的阴影，以及平台树海中带着些许神秘的深蓝色，深深吸引着我，我必须将它画下。

打开我的小行军椅，它是我的朋友兼好伙伴，它伴着我从家里走到户外，从责任奔向娱乐，从文学奔向绘画。我小心翼翼地坐下来，帆布椅垫嘎嘎作响，警告我得加钉几个钉子。当然，昨日我完全忘记了这件事。为什么？因为某个德国人到南方度假，他不知如何打发时间，只知道最聪明的方式，莫过于找个老乡胡扯些文学，于是便来找我。哼，希望他摔断腿！啊，这样说太过分了！但愿他留在柏林！

椅子依然嘎吱作响，我把背包放在草地上，拿出画具箱、画笔、纸，然后在膝上摊开画纸，画下屋顶、烟囱与阴影、山的棱线、高大耀眼的别墅、黑火箭般耸立的柏树，以及在灌木丛阴影衬托中，因阳光而闪耀着美丽光彩的栗树。我一下子就画好了。今天，景色里的细节并不重要，色彩才是真正的重点。下一次我会精雕细琢，甚至会细数树上的叶子，但今天不打算这么做！今天我只在意色彩——屋顶饱和浓烈的红、红色中的紫红及紫，以及树木阴影衬托之下的明亮房舍等。

我挤出水彩，将少许水倒入小杯中，再将彩笔浸入水中，然后我大吃一惊——调色板上许多装填颜料的小框竟是空的，一点颜料也不剩，其中缺少的颜色之一竟是茜红色！偏偏茜红是此时我最想要的颜色，我正是为了那深沉的色调才想画这幅图画的！少了茜红，叫我如何描绘美丽的屋顶？天哪！那些小框里为何空无一物？啊，我想起来了。两三天前，我画毕返家，在洗澡、休息之前，原想将颜料加满，于是将朱红、茜红及一些绿色刮掉，就在双手沾满了颜料，正想将柜子里的颜料取出来时，有人敲门，又是访客。来者是一位男士，身穿漂亮网球装，带着大饭店和私家车的铜臭味。他有事来到卢加诺，一时兴起就跑来找我，他说他看过我的《荒原狼》，其实他也是荒原中的一匹狼——他看起来就是那副德行！于是我将画具塞回背包，听他说了十五分钟的话后，送他出大门，然后将门锁了又锁。和他谈话，害我忘了补充颜料，结果今天我爱上这红色屋顶，满腔作画的狂热，却苦于没有茜红颜料！真不该接待陌生人的！真不该写书的！这就是报应！我愤怒不已。

想创作艺术，只有激动的情绪是不行的，必须要用智慧。这提醒了我，同时告诉自己，如果没有茜红就无法调出理想的颜色，那么最好放弃作画吧！因此，我开始想办法调出可以替代茜红的颜色。我拿起朱砂红，加点紫红，但无论如何就是调不出理想的颜色，于是我只好将屋顶四周的颜色从蓝色画成黄绿色，至少让对比鲜明些。我专心地调整颜色，到了忘我的境界。于是，我忘了茜红，忘了陌生人，忘了文学与世界，只是专注地与颜料奋斗着，让混合的颜色传出某种旋律。一小时后，我终于将纸画满了。

画纸稍干后，我在草地上将画摊开，立刻看出自己仍没调好颜色。失败了。只有别墅屋檐下的阴影画得很美，它高贵地向天空伸展，很符合我的理想，即使没有钴蓝也完成了。然而整个前景部分涂满了色彩，着实难看。没有茜红还是不行。我一筹莫展。啊，没有才华就没有艺术！不论别人怎么说，能力、潜力以及些许的幸运，才是艺术的关键。我常常自以为是，甚至主张，一个人有没有才华、技艺是否精湛并不重要，重要的是他是否真有内涵，以及他想借由艺术表达些什么。我真是愚蠢。每个人都有内涵，都有话想说。重要的是顺畅地表达自己的想法，不沉默，不结巴，不论使用文字、颜色或声音，都必须言之有物，这才是真正的重点！艾辛多夫算不上大思想家，雷诺阿也不是特别有深度或才华横溢的人，然而，他们能胜任自己的工作，且言之有物，不论多或少，至少他们完全表达了自己的想法。若是没有这样的能力，那么将笔丢掉吧！或者，继续努力，一次又一次，决不气馁，毕竟有志者事竟成。

（1927 年）

画者之乐

宇宙重整，意义涌现

田中谷物如黄金般灿亮
草坪周围铁杆竹篱环绕
此般生活之所需
昭然揭示贪婪之欲望
万物皆为高墙厚壁所困
仿佛已奄奄一息
眼中万物别有风情
万紫千红稍纵即逝
吟诵那无邪之歌
黄中有红，红里衬黄

水蓝中泛起一抹淡红
光华缤纷，飘来荡去
爱的波涛激起悠扬乐音
精神主宰一切
治愈肉体的痛苦
绿意盎然的泉水淙淙作响
宇宙重整，意义涌现
闪烁着明亮与欢欣

失 去 任 何 一 株 树 ， 就 是 失 去 一 个 朋 友

悼老树之死

自从轰轰烈烈的第一次世界大战结束后，近十年来，我在日常生活中，断绝了与人亲密、持续的交往。虽然我仍有男性和女性朋友，但那仅止于庆典聚会上的社交，而非日常生活的一部分。偶尔，他们会来拜访我，我也会去看看他们，但我早已戒除了和人类持续共同生活的习惯。我独居，因而东西渐渐取代了人类，和我共同建立了日常的小生活圈。伴我散步的拐杖、用来喝牛奶的杯子、桌上的花瓶、盛水果的碗、烟灰缸、绿灯罩的立灯、铜制的印度小神像、墙上的画，以及最重要的，斗室墙边那些堆积成山的书，它们伴我沉睡、苏醒、吃饭、工作；无论是美好或丑陋的一天，它们都陪伴着我，对我而言，它们是能信任

的面孔，能提供给我家和故乡的错觉。此外，还有许多东西同样也带给我信赖感。我喜欢它们的触感与外表，以及它们默默的付出，我无法舍弃这些沉默不语的东西，当它们离我而去时，例如打破旧碗、跌碎花瓶或遗失了便携式小刀，对我而言都是一种失去，我不得不向它们道别，同时闭上眼睛思念它们好一会儿，并为它们写下悼念的文字。

我的书房墙壁微倾，金色壁纸老旧褪色，天花板上有许多龟裂痕迹，但它也是我的朋友和伙伴。那是一个美丽的房间，如果失去了这么美丽的房间，我将怅然若失。不过，最美好的是通往阳台的那扇门，在阳台上，不仅可以俯视卢加诺的湖泊、千山万壑与村落，远眺一路延伸至圣玛梅特的无数村落，更能欣赏花园的古意与静谧。观赏花园是我最喜爱的嗜好，神奇、珍贵的老树在风中或雨中摇曳，狭窄陡峭的露台上，美丽的棕榈耸立，茂盛的茶花、杜鹃、阿尔卑斯山紫藤、玉兰遍地开放，此外，还有紫杉、欧洲山毛榉、印度杨柳以及高大常青的热带木兰。从书房向外望，那景致、露台及茂密的树木，比房子或其他家具物品更重要，它们是我生命中的一部分。它们才是我真正的朋友，是我最亲近的人，它们留住我，陪伴我，值得我信赖。当我望着花园时，花园提供给我的，与它带给任何以冷淡眼光欣赏它、赞美它的陌生人不同，它给了我更丰富的东西。年复一年，这个风景的朝朝夕夕、分分秒秒与四季的变化，我都十分清楚，园子里每株树的叶子、花朵、果实，无论成长或凋零，我也了然于心。每株树都是我的朋友，只有我知道它们的秘密。对我而言，失去任何一株树，就是失去了一位朋友。

当我倦于绘画、写作、思考或阅读时，这个阳台、这般风景，以及回望着我的树梢，使我得以恢复元气。在这儿，我最近刚读了叶芝的《炼金术玫瑰》，这本极具魅力的盖尔族小说充满了半异教徒的神话色彩，散发着神秘朦胧的光芒，可惜我即将看完了。在这儿，我也翻阅了约阿希姆的《艺人旅笺》，作者和他的幽默带给我快乐；那不是那种逗人发噱的幽默，而是同时带给人开心和苦涩、狂喜及绝望的真正黑色幽默。向你致敬，雷格纳兹兄弟！在这儿，偶尔我也会读上半个钟头的《希腊风俗史》上下卷，作者是汉斯·李斯特，书中惊人的图画及解说文字，提供了许多有关希腊的知识，同时也描述了希腊人的爱情生活。

春天里的某段时光，盛开的茶花燃烧了花园；到了夏天，棕榈繁茂，紫藤攀满树身，但是那奇特的小小印度杨柳，虽然矮小但看起来却已老迈，它似乎冻结了大半年，很晚才冒出新叶，直到八月中旬才开始开花。

最美的那株树不复存在了，几天前的一场风雨吹倒了它，此时它仍静静地躺着，尚未被移走。又老又重的大树，树干因风雨而断裂，过去因其遮掩而无法看见的远方栗树和茅屋，如今一览无遗。

那是棵南欧紫荆，耶稣的叛徒正是吊死在这树上，然而，从它身上看不出来那名誉不好的出身。哦，不，它仍是这园中最美的一棵树。其实，几年前我正是因为它而租下这幢房子的；当时战争已告结束，我以难民身份独自逃至此处，前半生的失败，令我想寻找一个下榻之处，在此工作及思考，希望在自己内心中，将已残破的世界重新建立。我想找个可容自己栖身的小房子。当初来看这房子时，印象还不错，但当房东太太引我来到小阳台时，“克林索尔花园”忽然呈现眼前，此时正是我决定租下这幢房子的关键时刻，园中一株开着粉红色花朵的大树令我眼睛一亮，我马上询问树的名字，那是棵紫荆树。年复一年，那棵树绽开千百朵粉红色的花，样子像欧亚瑞香的花朵紧挨着树身，持续开上四至六星期，花谢之后则长出浅绿色叶子，不久，浅绿的叶子间累累垂着深紫色的成串荚果。

如果想在字典中寻查关于南欧紫荆的资料，结果会令人失望的。字典里完全不提犹大和救世主，仅解释此树属于紫荆科，又称西亚紫荆，源自南欧，是观赏用灌木，又被称为“假的约翰面包”。天啊，竟然将真犹大与假约翰混为一谈。我一读到“观赏用灌木”就忍不住笑了出来，同时为它叫屈。观赏用灌木！那是树，树中之王，它的树干粗壮，不论我再怎么壮硕，也无法拥有那么粗的腰围。它的枝丫从花园最低处向上伸出，几乎与我的阳台一般高。那是一棵多么壮观的树啊！它是这个花园中重要的栋梁，我从来不曾站在这棵所谓的“观赏用灌木”之下。不久以前，在暴风雨的吹袭下，它宛如一座古老的灯塔般倒了下来。那段时间里，天气并没有太大的变化，但突然之间，夏天显得病恹恹的，仿佛可以预见它已来日不多。入秋后的第一个雨天，我为我的挚友送终（不是树，是人类朋友）。从此，在沁凉夜晚或秋雨绵绵时，我总觉得心灰意冷，总想离开，去四处旅行。空气中飘散着秋的味道、凋零的味道、棺木的味道，以及坟上花圈的味道。

然后，一天晚上，从美国袭来一阵海洋性飓风，狂野的南风破坏了葡萄园，吹垮了烟囱，甚至摧毁了我的小阳台，并在最后几个小时里打断了我的南欧紫荆。还记得少年时，我极喜爱豪夫和哈曼浪漫小说中阴森狂飙的暴风。啊，那浓烈的暖风和小说中所描写的一样凶猛、阴森、狂野，它仿佛自大沙漠引进美国式的灾祸，袭击了这祥和的山谷。那是个令人厌恶的夜晚，除了小孩外，整个村子的人整夜都不曾合眼；翌晨，地上遍布破砖头、碎玻璃与折断的葡萄树枝。对我而言，最惨重、完全无法弥补的损失，便是那株颓倒在地的紫荆了。虽然我将重新种下一株小紫荆，而且也已准备妥当，但等它长到和原先那株一般繁茂壮硕时，我早已不在人世。

不久之前，我在滂沱秋雨中埋葬了我的挚友，看着他的棺木在湿冷的洞穴里消失时，心中却感到安慰——我的朋友安息了，他远离了对他不仁的世界，摆脱了挣扎与忧虑，前往彼岸。但失去紫荆，我却感受不到安慰。只有面对可怜的人类的死亡，我们才会说"也许这样对他是好的，其实他值得被羡慕……"等聊以自慰的话，但面对着紫荆，我不会这么说。紫荆一定不愿就此死去，即使已经老迈，它仍持续每年长出成千上万五彩缤纷的花朵，这些花儿淋漓尽致地开放后又化为果实，果实的绿荚渐渐转为褐色，然后再染上紫色；它们从未羡慕别人的死亡。也许，紫荆看不起人类。也许，因为犹大之故，它早就看穿了人类。现在，它巨大的尸体横陈在院子里，它在倒下时，还压死了许多小小嫩嫩的新芽。

（1927 年）

对比

时值盛夏，书房窗前的大木兰的花已绽放几个星期了，那棵木兰树看起来慵懒、沉静、慢条斯理，但它开花的方式是快速、华丽的，是典型南方夏日的象征。雪白巨大的花朵，每次最多八朵或十朵同时绽放，因此两个月的花季期间，树上的花看来似乎没什么变化，但这些硕大的花朵极易凋谢，不到两天就告别了世间。白中透绿的花苞通常在清晨开放，洁白的花朵如梦似幻地在风中舞动，反射出雪白缎子般的光芒。这些皎洁如月的花朵自深沉硬挺的常青叶中脱颖而出，只绽放一天便不知不觉地褪了色，渐渐地，花瓣边缘开始变黄，花容随之变形，即将凋谢时，衰弱疲惫的姿态令人动容；只需一天，白色的花朵便失去了颜色，变成淡淡的肉桂色。昨日花叶还似锦缎，如今触摸却宛如柔软、细致的皮革一样，质感很好，既柔软又扎实。就这样，大木兰树每天撑着那又大又白的花朵，日复一日。那花朵散发着引人遐思的淡淡芳香，飘进我的书房，那味道略带柠檬香味，但较香甜。夏日大木兰（千万别与一般北方人所认识的春天木兰混淆）美丽如斯，却算不上是我的朋友。某些季节里，我会带着怀疑与敌意的眼光望着它。与我结邻的十年里，它不断成长；春夏时分，朝阳本就不太眷顾我的阳台，而在夏日大木兰伸展的枝叶之下，阳台上的阳光几乎全被遮住了。转眼之间，它已长成大块头了。我觉得快速、猛烈生长的它，就像一个瘦长、笨拙的小伙子似的，奋力、鲁莽地向高处窜生。此时，在这盛夏开花的季节，它雍容华贵、挺拔光亮的叶子在风中沙沙作响，小心翼翼地呵护着娇嫩、美丽且易谢的花朵。

与这棵有着大白花的巨树相对的是一株小树，它生长在小阳台上的花盆里，不久前有人把它当作生日礼物送给了我。那是一棵弯曲的柏类植物，高不及一米，却已接近四十岁了，它瘦小的树上有许多瘤结，那自信、庄严但又古怪的模样，实在引人发噱。它耸立着，伸展着十分有个性的枝丫，几十年来，枝丫在强风吹袭下变得弯曲、蜷曲，长如手指。它面无表情地与老木兰树对视，大树上的两朵大花便可将这可敬的小树遮盖住，而大树的一片叶子便与小矮树的枝干一样粗。但小树面对巨树无动于衷，它似乎根本没把这粗壮的大树放在眼里。小树傲气十足地站着，深深陷入思考与自省之中；它与侏儒一样，外表看起来非常苍老，或是完全跨越时间的限制。

这几个星期里，夏天炙热难当。我极少出门，拉下遮阳窗，待在几个小房间里过日子，而这两棵一大一小的树，便是与我相伴的朋友了。我在这棵超大木兰树上看见了万物的生长、大自然里的生命力、恣意的繁殖能力，以及生命本能的呼喊。相反的，侏儒小树无疑属于另一个极端，它不需很多空间，它不浪费，追求深度与持久；在它身上出现的不是本能而是精神，不是欲念而是意志。亲爱的小树，它是何等奇妙，何等引人深思，它是多么坚毅、沉稳和精悍！

健康、能干、无虑的乐观，谈笑间拒绝深奥的问题，懦弱、慵懒，放弃攻击性的质疑，享受刹那的生活艺术，这是我们这个时代的口号，人们希望以这种方式来掩饰世界大战留下的沉痛回忆。极端的无忧无虑、模仿美国艺人装扮成肥胖婴儿的演员、极端的愚笨、洋溢着难以置信的快乐笑脸，这是现今流行的乐观主义，每天以光鲜的花朵重新装饰，以新的明星照片、创新纪录的数字装点。这种伟大只是刹那，之后不会有人追问这一切，纪录只维持一天，因为总还会有新的纪录。这种激昂愚蠢的乐观主义，将战争、贫困、死亡及痛苦解释为人类幻想的蠢事，自认可以拒绝知道烦恼和问题。模仿美式乐观主义，刺激思想的表达方式夸大渲染，批判加倍，质疑加深，同时敌视流行的思想家或媒体所揭示的无邪宇宙观。

就这样，我坐在这两棵树之间——一棵是活力洋溢的木兰，一棵是未物化、有灵性的小矮树。观察这呈极端对比的演出，我时而深思，时而在炎炎夏日下打盹儿，时而抽一会儿烟等着夜的来临。晚间，从树林里吹来沁凉的风。

此生，无论行动、思考或阅读，我总是面对着人间无所不在、千遍一律的冲突。每天，我收到一些信，大部分是陌生人写来的，大多数都是善良、好意的，有人赞同我，有人向我抱怨；但每封信所说的都是相同的问题，其内容不外乎充满乐观者不遗余力地取笑、责备或惋惜我这悲观者，或者是有人因为困顿或绝望而赞成我的想法。

当然，无论木兰树或小矮树，无论乐观者或悲观者，两者都没错。但对我而言，我觉得前者较危险，因为看见过度的满足和丰腴的笑容，总令我想起号称健康的乐观主义以及1914年，当时所有的人无不对乐观主义如痴如醉，几乎要将悲观主义者钉在十字架上，因为悲观者提醒他们，战争其实是充满暴力的危险行径，其后果可能是悲惨的。结果，有些悲观者遭受嘲讽，有些被逼得走投无路；乐观主义者庆祝他们的伟大时代，连续许多年，他们欢呼并占了上风，直到他们和整个民族疲于欢呼，疲于胜利，最后垮于一旦，而当年的乐观主义者安慰他们，鼓励他们继续活下去。我永远也忘不了那种经历。

当然，我们这些精神至上的悲观主义者也不对，我们只知控告、批判和嘲讽时代。我们这些精神至上者（有人将我们称为浪漫主义者，这并不怀好意），终归不也是这时代的一部分吗？我们同样也有权利以时代为名来加以说明，以代表时代的某一层面。那么，是否和拳击手和汽车业者一样？我毫不谦虚地回答：是的。

两棵树对比鲜明地耸立着，它们就像大自然里的所有东西一样，无视于极端，自信，坚强，坚毅。木兰花多汁丰润，飘来浓郁的花香，而小矮树则回到自己的世界中，越来越深沉。

（1928 年）

百日草

亲爱的朋友！

任凭今夏有多么奇特、多么不寻常，它终归要结束了。如今，且看山峰那宝石般的光彩，那异常鲜明的轮廓，那澄澈、轻淡、甜美的钴蓝，那原是九月天独有的色彩。早晨时分的草地早已湿透，樱桃树叶开始转为淡紫，金合欢叶也抹上了金黄，这一切，令人无法视而不见。今夏，连麦兹河以北的因纽特人国度也感受了暑气，可想而知，南国将无须受冻。今年，南方的夏天非比寻常，暴风雨也非比寻常，其中一阵飓风一连狂啸四天，尽管带来惊人的视觉效果，但却令人难受，它让我全身不舒服。然而，我绝对未曾错过今夏。相反，我享受了某种幸福。无限的不安，带来了强烈刺激的感受，因而我享受了风雨及肉体痛苦所无法摧残的幸福，享受了我们这样的人唯一可享受的最大幸福，享受了狂热地工作、狂热地创造成果的幸福。然而，请容我不在此详述作品的细节。或许，两三年后可以再谈。有些作家每年总是让无所不知的媒体做了如下的类似报道："伟大剧作家某先生，目前正在莱茵河畔的田庄里编写一出喜剧，该剧将以最新的题材作为背景……"对此，我总是既佩服又惊异。如果在创作时，报纸预先报道了我的作品名称和内容，那么我一定会将稿子丢进壁炉中烧掉。每当稿子不再吸引自己，或是突然觉得自己无法完成作品并因而绝望不已时，即使我曾挚爱它，珍视它数星期或数个月，我仍会丢下稿子甚或毁掉稿子。这样的事经常发生。除了创作之外，我也看了些好书。最美好的一次阅读经验，是在暖热的七月夜里，再次展读施蒂弗特[1]的《田野之花》。

---

1. 阿达尔贝特·施蒂弗特（1805—1868），奥地利小说家。作品语言朴实生动，对自然风景尤其是故乡的描绘亲切感人，富于诗意。

亲爱的友人，那真是一本优美且魅力无穷的书。

经过炎炎夏日数星期的繁忙工作后，此时，我想让自己休息、闲逸一下。虽然休息并非无所事事（我独缺能享受偷懒的天分），但想以一种缓慢的步调来过日子，冀望在夏天渐逝之时，能留下点什么，以作为他日的回忆。

夏日渐行渐远，空气里有着某种清澄的氛围，我称之为“画意”，但愿画家们不会误以为那是容易入画的意思。想在画中表现这种清澄的氛围十分困难：它挑动了画者的心，令他们想以画笔征服它，美化它，因为任何颜色都调不出具有如此魔幻亮度的色彩，以及它那宝石般的光泽；任何技法都无法既表现出它那柔美无比的光影，同时又不至于影响其清晰度。此外，由于真正属于秋天鲜艳、生硬的色彩尚未降临，四下仅轻披上一层微带秋味的薄纱，植物展现了从未有过的美丽色泽。此时，最耀眼的当令花朵正在花园里争艳，大理花、百日草、雏菊和极美的珊瑚堇，燃烧着石榴般的红色火焰，宛如爆裂的手榴弹。其中最能捕捉盛夏与初秋鲜活神韵的，非百日草莫属！我在屋里插了些绽放的百日草，它的花期很长，从含苞待放到花颜凋零，我怀着幸福感与好奇心，日日观察花朵的变化。取十几枝缤纷的百日草，其健康亮丽直教百花失色。百日草的花儿散发着一室的光辉，舞动着艳丽的色彩：华美鲜艳的黄和橘红、活泼无比的红和奇妙的紫红，就像淳朴村姑周日所穿戴的民俗服装的花边。我们大可依自己的喜好将这些强烈的色彩随意凑对、混合，无论如何，结果都是一样的美。它们不但鲜艳明亮，同时更能互相调和，互相辉映，效果奇佳。

我告诉您的其实并非什么新鲜事，我也并未自认是百日草的发现者。我想说的，只是我对它的爱恋。我未曾提及对花的热爱，那样的热情，是我多年来体验过的最愉快的情感交流。点燃这黄昏之爱的，不是微弱的热情，而是百日草的凋谢。眼见花瓶中的百日草渐渐失色、枯萎，我因而经历了死亡之舞，带着既悲哀又凄美的心情，体验了生命无常。人间至美总是稍纵即逝的，而死亡，竟也可以如此美好、华丽、惹人爱怜。

亲爱的友人，试着插上一束百日草，观赏个八日、十日，看褪色后的花束依然娇艳。试着每日仔细观察几回，看初绽放时颜色最华丽的百日草，之后如何换上最娇柔、慵懒、醉人的色调。

昨日的橘红转为今日的橙黄，明后天，淡古铜色将染上些许灰色，带着浓烈乡村气息的紫红被白色所覆盖，那样的白，与阴暗的影子相辉映，一片片疲倦的花瓣垂吊着，其上布满柔和的褶痕，朦朦胧胧的白衬着无比哀怨动人的灰红，看起来就像是老祖母褪了色的丝绸，或是一幅陈旧模糊的水彩画。我的朋友，请注意观察花瓣，当花梗折断时，通常才会意外地发现这里是花朵最阴暗的部分，才会意外地看清这儿上演的色彩变幻戏码。垂死的花化为灵魂，花魂升天，这个小小的地方所呈现的变化，比花苞本身更令人惊心动魄，更芳郁馨香。那颜色是梦中失落的色彩，在花的世界中并不常见。那色调是罕见金属、矿物质的色调，变幻着各种灰、灰绿和古铜，只有在高山岩石、青苔及海草世界中才得以见到。

您会懂得如何欣赏这些东西，正如您喜爱年份好的名贵葡萄酒的芳香，也正如您知道桃子表皮或美女肌肤的触感。尽管我为凋零的百日草的颜色着迷，为施蒂弗特笔下野花摇曳的婆娑声音狂热，但我相信您不会因为我比拳击手感觉更敏锐、比他们拥有更充实的人生体验而笑我是多愁善感的浪漫诗人。然而，我的朋友，我们仍是异类，像我们这样的人已快绝迹了。看看时下的美国人，他们的音乐才华只限于操控留声机，他们为大汽车上了鲜亮的烤漆便自以为美。试着为这些容易满足又自得其乐的半野蛮人上上艺术课，让他们观察花的凋零，目睹花朵由玫瑰色转变为淡灰色的过程，让他们从中体会生命的刺激与扣人心弦，体会生命与美的奥秘，那么他们可能会大吃一惊。

如果这封夏日里的来信能唤起您一点点的禅思，那么您是否会想：今天的病痛，明天可能即会痊愈；同样，今日虽然健康，明天是否会生病。如果那些依赖金钱和机器的健壮的人能无忧无虑地虚度一个世代，那么他们未来必定得依靠医生、老师、艺术家及魔法过日子，同时必须付出昂贵的代价，来引领他们进入美与心灵的奥秘中。

（1928 年）

屋中漫步

亮丽无比的夏日瞬间消逝，如此奇特、神秘。转眼间，我坐在屋内颤抖，惊愕于夏日的飞逝，聆听窗外的雨声，四下黯淡、冷灰、微弱的光影环绕，这一切是如此熟悉。昨天，以及不久之前，我们仍身处不同的世界，呼吸不同的空气，柔美的暮霭飘浮着温暖的霞光，夏日的光芒映照在草地上，葡萄园里日光低声吟唱着。但自沉睡中醒来时，忽然惊见灰色、黯淡的天空，听见窗前冷雨绵绵敲打在叶子上，心中顿然明白：夏天过去了，现在已是秋天，而冬天就要来临。很快，就要面对新时光，开始不同的生活；在小屋中，伴着灯光和书本，偶尔有点音乐，那是最美好、最沉潜的生活，但我却怀着沉重、无精打采的心情迎向它，开始感到寒意及淡淡的伤感，因而心里微微反抗着。

我的房间一下子便脱胎换骨了。好几个月来，这是个休息、工作的好地方，凉风徐徐，门窗全都开着，树木的芳香和月光随风飘入；但我只是房中过客，待在房里只为了休息和阅读，我真正的生活不在这里，而在户外的森林、湖泊和绿坡，我真正的生活是作画、散步、爬山，身穿轻便的夏装或两袖宽松的薄麻外套。此时，房间忽然再度成为生活的重心，成为故乡或监狱，令人无所遁形。

只要季节之间的过渡期一过，一旦点燃恒温炉，一旦向房子投降，习惯了在斗室中的生活，日子就又会变得无比绮丽。但目前的感觉并不怎么好，从一扇窗到另一扇窗，我看着远山笼罩在云层之中（昨夜尚是一轮明月飘在云上），倾听冷雨打上树叶的声音，我在房中来回踱步，冷得发抖，却又觉得身上厚重的衣服累赘。唉，那夜半时分，身着一袭凉衫，坐在森林露台上或随风摇曳的树下的时光，如今何在？

这是得重新适应室内的时光，斗室生活才是主要的生活，窗外的雨和云不再重要。明天我将打开暖气，也许今天就开，但打开暖气之前，必须先做些讨厌、无聊、麻烦的琐事。点燃恒温炉便是向天气妥协，意味着完全随性的生活已远去，让自己提早步入冬天。还不到开暖气的时候，我会来回走动，摩擦双手，做几个健身运动来锻炼自己。突然想起以前冬天曾有个煤油炉，那是个圆形略锈的铁炉，我得找找，拿出来用。那可不是件好差事，整个炉子已熏黑，煤油也已冻干，全粘在炉上。我弄得满手乌黑、一肚子气才将炉子准备妥当，然后装上煤油将就着使用。没办法，如果寒冷的空气仍持续不散，明天甚至今晚就不得不开暖炉了。在此之前，我宁愿再冻一会儿，缩头缩脑地在房里走来走去，挨着书本，或翻翻夏天的水彩画册。渐渐地，我发现过去几个月里，我很少注意这间老旧的斗室，几乎已忘了它长什么样子。我再次好好端详它，我得与它重新熟稔，重新建立彼此之间的感情。

看得出来，有好长一阵子我只在这儿暂时歇脚，并没有真正住在这里。墙角、镜子上、书柜上垂挂着沾满灰尘的蜘蛛网，其实偶尔真该好好清理一下。桌椅灰尘满布，东西散落一地，都是一时随手乱放，但却再也没收拾过。素描或水彩画册，纸箱，一堆堆的信，沾满泥土、颜料、固着剂的瓶子，空烟盒，读过的书的封套，在这堆凌乱物品之后，我才认出斗室的旧面貌，这一切对我又重新有了意义，又再次得到我的青睐。

两扇窗之间的黑龛中，摆着一尊古意大利式的小圣母像，那是我多年前到布雷西亚时在跳蚤市场买的。只有少数物品与我共度这几年的岁月，几经迁移后依然陪伴着我，这尊圣像便是其中之一；旧书和大书桌，这两件东西也带着我的回忆，一起搬进了这屋子。其他的家具都是房东太太的，过去十年来，这些家具已成了我的亲密伙伴，它们也渐渐老去；书桌前那张小椅子的坐垫已经扁平，甚至可以看见老旧绿色布面之下的皮带；美丽的长沙发也已变硬，而且摇摇晃晃的。墙上挂着我的水彩画，画与画之间挂着格列柯的半身像、年轻的浪漫诗人诺瓦里斯的美丽画像，以及莫扎特十一岁的画像。用来垫脚拿书的小板凳上，放着一个奇大无比的雪茄盒，里面还有一半的雪茄，那是我无意间买下的，其实雪茄味道并不怎么样，我上当了；现在我用它来装信件。有一次访客从里面拿了一根雪茄抽，但在谈话时便偷偷把雪茄丢进烟灰缸里。

斗室里，这些年来累积了不少美丽、可爱的东西，对我而言，它们日益珍贵。横梁上有一个半像鹿半像长颈鹿的填充童话动物，它有着童话般怅然若失的目光。那是画家莎莎的作品，几年前我们同时在瑞士某个小城的小厅里展示作品，画展结束后，我们两人一件作品也没卖出，于是彼此交换作品，我给她几幅小画，她则送我这个安静的瘦羚羊或鹿之类的动物。我很喜爱这只动物，这几年来，它取代了马、狗及猫，是我唯一的家畜。这里也有属于印度的记忆，尤其是那尊由木头雕成的鲜艳小神像，还有吹笛的黄铜小印度佛，在大雨滂沱的冬夜里，为我吹奏着印度音乐，让我不那么在意困苦的外在环境，将一切视为短暂的表象。此外，还有一件奇怪的锡兰小雕像，放在不那么显眼的地方，它也是铜制的，年代已非常久远。那是一只公猪，在简陋的锡兰小庙里，铜公猪的作用和

《旧约圣经》里的替死鬼一样，人们一年一度将罪恶、疾病和邪魔等全驱逐至公猪中，它的身上承载着无数诅咒，曾为许多人牺牲。当我凝视它时，我所想的不是印度，不是古老的宗教仪式，在我眼中，它不是古董，而是一种象征，它是我们这些先知、愚人、诗人的难兄难弟，我们的心灵上烙印着十字架，我们背负着时代的诅咒，而同胞们却只是跳舞、看报。这头公猪也是我心爱的东西。

破破烂烂的长沙发上堆着许多靠垫，其中之一也是我所珍爱的。它的黑色布面上绣着浅色的图案，那是经过火焰试炼的塔米诺和帕米娜，其中塔米诺身材高瘦，吹着魔笛。这个垫子是一位曾经爱过我的女士为我绣的，就像这个美丽的靠垫对我而言意义深远一样，相信我也在她心里占了某个地位吧！

在近来新添的东西中，我最珍惜的是女友送给我的一个漂亮花瓶，形状仿自古时候的酒杯。在这个透明杯中，经常插着几朵花——百日草、康乃馨或柔美的小野花。当我第一次看到这个花瓶时，瓶里插着一束浅蓝色的飞燕草，那随风摇曳、不食人间烟火的蓝色，至今仍深藏在我的记忆中。那时是灿烂的夏天，晚上沿着森林、挨着葡萄园走，森林尚未变黄，头上则是蓝得像飞燕草的天空。

天气即将变得冷冽，雨水越来越多，落进花丛，落进紫色葡萄园及缤纷的森林里。我得爬上阁楼找出油灯，跪在那个讨厌鬼前小心翼翼地伺候它，它才会再度为我点燃温暖。此时，小花瓶是空的。噢，那花朵曾是那么蓝，曾是那么具有夏日风情！

（1928 年）

大自然之中没有所谓单调、无聊这回事

入秋

夏天早已流逝，太阳每日升落的轨道也随之缩短。一早，森林从山谷弥漫的夜雾里浮现，颜色慢慢转黄，树叶渐渐掉落。黄色栗树林中尚可见到一片片带着夏意的蓝，那是长在湿土地上的金合欢，它的绿意维持了许久，但凋零时刻一到，刹那之间便枯槁了，小巧、对生的叶子一夜之间转黄，凄美且无精打采地飘落，宛若在风中飘洒的金色雨滴，落入大地这个大坟冢中。此刻，我的旅程即将启行。从春天到寒夜乍起，我未曾外出旅行。好一段时间，我守着提契诺，任何事都无法让我离开田园生活。我住在山林之中，坐看繁花，观察蜥蜴，研究蝶与蛇，速写提契诺古老的村庄，描绘如虫蛹般的斑斓山谷及下方的靛蓝湖泊。褐色的壁虎、碧绿亮丽的大蜥蜴、翅膀透明宛如玻璃的蜻蜓、河边肉桂色的小蛇、阳光灿烂的山坡石洞中肥胖的大锦蛇……全都是我的知己；我知道松鸭、啄木鸟的巢在哪儿，也熟悉燕子、天蚕蛾与西班牙大锦蝶的栖息处。我对这片土地知之甚详；陌生人若以愚蠢的团体旅行方式前来造访这美丽的国度，那么他们这是在浪费时间，他们所见到的，只不过是一张风景明信片。年复一年，月复一月，我在这片美丽的土地上漫步、休息、作画，既悠闲又忙碌；我对这里的森林、田野、葡萄园、花园与人们，了如指掌。

然而，即使此地阳光亮丽，我仍无法年年忍受南方的冬天。雨季令人窒息。通货膨胀时期，我靠小火炉挨过四个天寒地冻的冬天，结果赔上了一生的健康。此后，只要经济情况允许，我都会避开此地的冬天。我之所以选择其他地方避寒，不是为了欣赏更美的景色，因为其他地方的美景远比此地逊色；我也不是为了寻找变化，毕竟大自然之中没有所谓单调、无聊这回事，那全是都市人的发明。我之所以这么做，是为了到大城市寻找温暖的温泉浴处所，那儿的门窗密闭，里头有温暖的木质地板、好的火炉，以及医生与按摩师。我原想借此舒缓身上的疼痛，以度过充满苦痛的冬天，不料却意外拥有了美好的经验——拜访友人，欣赏音乐，同时参观了图书馆和画廊。

我在城里暂时住了下来，即使深居简出，还是有许多人来找我。怀才不遇的画家抱着一堆画稿前来；修读语文学系、年轻自信的青年才子也来找我，想以我作为博士论文的研究内容，他们在论文中将对我和我三十年来的作品，面不改色地进行剖析，于是学校便会将博士帽加诸他们聪明的脑袋上；艺术界的流浪汉也来找我，我们的交谈颇为愉快，远胜过高尚社交圈的言语。此外，前来找我的还有一些精神界的新秀或怪人、有被害妄想症的天才、新兴教派的创始人及魔术师。备受爱戴的穷诗人克拉邦德[1]不久前也曾来找我，他有满腹故事，好奇心又强，年轻的脸上常常微微泛红。金发美女艾米·海宁总会短暂地出现几

1. 克拉邦德（1890—1928），德国诗人及小说家，在德语世界中为构建中国诗歌的世界性与现代性做出了巨大贡献。

个钟头，她并未带行李，而且还会搭错车。瘦削的汉斯·摩根塔勒偶尔也会出现，他并不多话，常常自顾自地微笑，有时还会从口袋中掏出绝望无比的诗作，那时他已病入膏肓，今年，他已离开人间了。我们彼此喜欢。他们把我当成叔伯辈看待，在他们眼中，我过着中产阶级的生活，同时又是属于他们的一员，这点他们是欣赏的。他们并未完全将我视为同类，也未曾将我视为无家可归、四处漂泊的人，但他们知道，我不仅喜爱莫扎特和佛罗伦萨的圣母像，同样也喜爱那些惶惶不安、脱俗不凡的荒野之狼。我们彼此交换诗画和出版社地址，互借书籍，共享葡萄酒。偶尔，我会请人带我作一趟知识之旅，一年一次。偶尔，有人付我旅费及酬劳，让当地识途老马带我参观城里的古迹和观光胜地，但我必须在讨厌的大厅中，为陌生人整晚朗诵我的诗。每次这么做时，我总会告诉自己：下不为例。

然而，在展开城市生活、旅游生活及吉卜赛生活前，我得先向此地道别，将根从土中拔起，打点行李，向娜塔莉娜、马莉、阿诺其亚塔握手道别，然后带着行李，搭上火车前往卢加诺。但我仍留在家里，仍是有所依归的人，直到最后一座粉红色山丘从眼前消失，直到置身哥哈特山间的冷杉树林、陌生自由的异乡氛围忽然笼罩四周时，我才会再度成为失根的植物，再度成为吉卜赛人。那只张着大嘴的大皮箱已在斗室中摆了三天，等着我打包。我必须仔细盘算该带些什么，因为我将在外停留六个月以上。衣裤、皮靴还算容易，只要从衣架上取下来，塞到皮箱中，再坐下来将它们压紧即可，但还得带上工作或消遣时所需的小东西，例如书籍、画具、画簿，以及一些能让旅馆房间满室生辉的画等林林总总的物品，偏偏每次仍会带错东西。人们在打包时总是太过吹毛求疵。

其实实用的东西是最不重要的，它们都一样，到处都可以买到，反而是那些不实用、精挑细选的东西，能让整个行李变得有趣、有意义：一个吉祥物、一个鸟标本、一束旧信。艾米最能了解。她既不带鞋也不带换洗衣物就出门旅行，她只带一幅玛利亚像、一个有三首华尔兹舞曲的圆形音乐盒，有时就能让沮丧的兄弟们快乐好一会儿。

我向许多东西道别，将最近才刚看过的书搁在一旁，它们都是好书。彭措尔特的《可怜的查特尔顿》，这是本迷人的好书，是作者为吉卜赛人和人生旁观者而写的。另一本是可爱的克拉邦德留下来的小说《博尔吉亚》，它和克拉邦德其他的作品一样，表面上看似乎充满活力，但实际上却充满诗人的呓语——那是一种充满柔和幻想、如乐曲般曼妙的语言艺术。格勒塞尔的《一九〇二年级》也颇值一读，这本书或许报道性比文学性浓，但又何妨，毕竟它敲进了我们内心深处。不论这些书有多好，我不得不将它们留在这里，另外带别的书上路——一本巴尔，一本施蒂弗特，外加一本歌德。如此一来，行李箱正好装满。这老箱子塞得满满的，它随我游遍许多国家，听过不少语言，在马来西亚和印度港口时，曾由强壮的华裔挑夫从这条船上挑到那条船上，又从船上挑到旅馆，它也曾在印度尼西亚的小船上，随着原始森林区的河水漂流数天。如果它能再撑几年就好了。我希望自己比它早离开人间。

我即将整装待发了。希望到了苏黎世时，能在节目单上找到莫扎特歌剧或奥特马·舍克的《彭特莱西亚》，那么我将在那儿多停留几天。希望巴登的温泉旅馆现在已门可罗雀，那么我将住上几天，在泉水里躺着假寐，或者摆好桌子，开始作画及写作，这样既有益于健康，也能度过寒冬。希望有人能将一缸玻璃鱼借我几个星期，让我打发时间，不致感到孤独。我的女朋友旅行去了，这几天她应该会从维也纳或克拉卡写信给我。快回来吧，候鸟。

旅行的渴望让我的四肢不安分。我不想再坐在斗室中，我不想再散步，只是随心所欲地将所有换洗衣裤全塞进箱子里，同时也将女朋友送的那件绿衬衫放了进去。绿衫啊，你要随我前往何方？我们就要出发，并将旅馆、租来的房子当成过渡的家。经过一次又一次的洗濯、熨烫，你将走样，不再恢复原来的面貌。我的衬衫，我们都将改变，不再是过去的我们了：你将不再是衬衫，最后只是一块布，也许有一天会变成一张美丽的白纸，被情人用来写信给远方的姑娘。而我也将不再是旅途中的病人和文人，我将与不同的人们来往，浮沉于其他旋涡之中。也许我会归来，进大学念念文学，写写博士论文，或者做点别的。也许我受够了人间炼狱，变成瘦削的红狐、聪慧灵巧的鼬鼠或是一条黑蛇，回到我仍深爱的大地。

（1928 年）

对于晚夏的美景，我既吝啬又贪婪

夏秋之际

今年，我错过了一部分的夏天，有时因为天气不佳，有时因为生病等种种原因。当夏秋之际金盏菊盛开时，我全身的毛细孔也在此时张开，尽情吸收。我觉得这时节是一年里的高潮，它使一年圆满。每当秋冬时分，回想起这段时光，那美好、高雅、短暂的景象填满了回忆：盛开的玫瑰垂挂在枝头，陶醉在自己的浓郁香气之中；果皮深红晶亮的桃子，此时熟透、甜透、饱满、沉重，似乎无力抵抗一切，轻轻一碰就落入掌心，正是最适合摘下它的时刻。夏秋之际，或许就像是正值生命、爱情巅峰时期的美女，神情怡然自得，流露着成熟丰富的知性，拥有充沛的权力，但同时略带着一丝玫瑰般的忧郁气质，悄悄迎向年华的消逝。

这样的时光，顶多延续到九月中旬。在夏末的炎热里，枯叶之中的葡萄转成蓝色，晚间书房里夜蛾群聚，金龟子绕着灯嗡嗡作响。到了早晨，花园里大蜘蛛网上的露珠闪耀着秋意，但一小时之后，大地及花草树木又在闷热的暑气中氤氲冒烟。打从孩提时起，我便特别喜爱这些日子，特别能感受此时大自然里各种细微的声音，对短暂的光彩变幻也特别好奇，我就像猎人般敏锐地聆听、窥视着一切变化：早熟的葡萄叶在阳光下旋转、卷曲；金黄色的小蜘蛛沿着蛛网，轻如绒毛般地从树上溜下来；蜥蜴平躺在炙热的石头上休息，尽情沐浴在阳光之下；枝头玫瑰掉落，无声地凋谢，树枝因负担骤减而轻轻弹回。这一切如此鲜明、庄严，再度唤起我的童年往事，过往夏日景象纷纷在朦胧记忆中浮现，时而清晰，时而模糊：手持捕蝶网和植物标本盒的童年时光；与双亲的散步；妹妹草帽上的花束；郊游时，从令人眩晕的桥上俯瞰的汹涌川流；遥不可及的岩壁上，那随风摇曳的康乃馨；意大利式别墅墙上盛开的粉红色夹竹桃；黑森林中长满石楠的高原上，那蓝色的浓雾；博登湖波光粼粼，湖畔花园围墙旁的紫菀、绣球花和天竺葵倒映在湖面上，倒影温柔地随波荡漾。种种美景各不相同，但相同的是溽暑里的热气氤氲，空气中带着果实熟透的芳香，以及渴望、等待的气息。

此时若经过村外，可看见农夫的花园中那黄色、紫红的金盏花，在艳丽的金莲花之间盛开，珊瑚晚樱洒下一地的红。葡萄架下，有些叶子已有秋意，金属般铜褐色的光泽隐约可见，半绿的葡萄中已有第一批成熟的蓝色葡萄，有些已转为深紫色，摘一些尝尝，味道甜美。森林里，高雅的黄绿色金合欢偶尔落下枯枝，响起如号角般悠扬、纯净的音乐。栗树上绿色有刺的果实纷纷落下，那坚硬、有刺的绿壳不易打开，果实上的刺似乎极富弹性，总在关键时刻刺入皮肤里，那是又小又坚实的果实所作的激烈反抗，抵抗生命受到外力入侵。然而，倘若真的打开了硬壳，那坚硬、半熟的果实，尝起来比榛果苦多了。

即使暑气逼人，我仍经常在外流连，因为我深知美景苦短，不久即将离我们而去，届时，甜美的成熟将转瞬化为死亡与凋谢。对于晚夏的美景，我既吝啬又贪婪。我不仅想看到、摸到、闻到、尝到夏日的丰盛，想以五官触觉来品尝一切，更因心中涌起的占有欲，想将它储存起来，一起带入冬天，带入往后的岁月，带入晚年。平时，我并不是一个占有欲强的人，我懂得割舍，出手大方，但此时我却因为不愿放手的激情而苦。有时，自己难免也会莞尔。花园中、平台上、小楼里、风向旗下，我日复一日地徘徊着，突然变得积极奋发，试着以铅笔、钢笔、水彩笔及各种色彩，将消失中的花团锦簇画下来储藏。我费力地描绘花园台阶上早晨的阴影及缠绕的粗紫藤，试着临摹暮色中山峰那淡薄如烟却又亮丽如珍珠的朦胧色彩，然后拖着疲累的身子回家。晚上将画纸收入画夹时，我明白自己能记录及保存的十分有限，因而感到悲伤不已。

我吃了点水果与面包当晚餐。此时，这间略带灰暗的房间已是漆黑一片。多半时候，我势必得在七点以前点上灯，有时甚至更早，但有时我对冬天的黑暗、雾气与寒意已习以为常，浑然不觉大地曾经明亮。晚餐后，我阅读片刻，以分散对这一切的注意，但这时只能阅读上乘的作品。就在屋内渐暗而屋外木兰奄奄一息尽放光芒之际，我走到露台上，临着红瓦及长满常春藤的围墙，望着卡斯特罗那、甘迪利亚、圣玛美特，看见蒙根萝娑山在圣萨尔瓦托雷山后熊熊燃烧着粉红色的彩霞。眺望暮色的喜悦，大约可持续十分钟至一刻钟之久。我靠在椅子上，四肢无力，眼睛疲惫，但绝非厌倦或烦腻，我的感受力依然旺盛，只是暂时休息，什么也不想。阳台上日照余温犹在，我的花伫立在最后的晚霞之中，枝叶间的光芒微弱黯淡，它向白日告别，慢慢地沉睡。那棵高大的仙人掌长满金黄色的刺，僵硬而带着陌生的异国情调，它看起来有点腼腆，默默伫立一角。这棵童话里才会出现的植物，是朋友送我的，就放在阳台上方。旁边一株珊瑚晚樱绽放，矮牵牛的紫色花蕊颜色渐深，康乃馨、野豌豆、头巾百合及星星草早已凋零，这些花在花盆中争相绽放，随着枝叶颜色的加深，花朵也恣意怒放，顷刻间，它们闪烁的亮丽色彩，仿佛大教堂里的彩绘玻璃，之后，它们又慢慢地凋零，日复一日地步向死亡。光芒悄悄地从它们身上消失，绿意渐渐转黑，它们鲜艳的红黄色彩逐渐瓦解消失，最后回归死亡的黑暗世界。

天色已晚，一只陶醉的蛾舞着梦游般的踉跄姿态，飞向这些花朵。

一个小小的黄昏魔术消失了。远方山脉渐暗，突然变得沉重，淡绿色的天空中，星星尚未出现，蝙蝠飞掠而过，转眼不见踪影。山谷深处，有人戴着白色臂套在草地上来回割草。村外一栋别墅里传来钢琴声，琴声隐约，令人昏昏欲睡。

我回到屋里点起了灯，一抹大黑影穿过房间，有只大飞蛾轻轻飘向灯上的绿色玻璃罩，因而全身通透晶亮。它停靠在灯罩上，收起狭长的翅膀，绒毛纤细的触角颤抖不已，黑如柏油的小眼睛闪烁，翅膀上脉络复杂的图案近似大理石纹路，色彩晦涩、零碎而压抑，褐色、灰色、枯萎的树叶颜色等，全聚集在此，宛如一块柔软的绒布。如果我属于另一个文化，如果我能从祖先那儿继承更多词汇，那么我便能描述这些色彩，描述这些混合的颜色，或者能说出它们的正确名称，但那就像素描、水彩画、沉思和写作一样难以发挥。飞蛾翅膀上的紫色及红褐色，充分呈现了创世的秘密；它的魅力就像一种诅咒，而它的秘密又有千百种面貌；它抬起头来看着我们，一下子又消失无踪，而我们却无法留住任何记录。

（1929 年）

轻烟如音乐般在苍穹下轻响着

提契诺秋日

有几年，提契诺的夏天依依不舍地不肯离去。在炙热、暴风雨频繁的那几年中，在八月底或九月初左右，夏日持续了几天的狂风暴雨后，又戛然停止，夏天突然变得既老迈又衰弱，然后尴尬地消失无踪。但这几年则有好几个星期都没有暴风雨，甚至没有雨，那样安静而友善的夏日，就和施蒂弗特作品中所描写的夏日一样，是如此澄蓝、金黄、平和与温柔，间或穿插着焚风对着树木吹上一两天，提早摇落栗树绿色多刺的果实，将蓝色更添上一层蓝，让暖紫、明亮的山脉显得更明亮，为蝉翼般剔透的空气增添了一分透明。渐渐地，树叶在数周里悄悄变色，葡萄叶变成黄、褐或紫色，樱桃树转为绯红，桑树染上金黄色，在深蓝的金合欢中提早变黄的椭圆叶片，就像涣散的星光闪烁着。我这历经沧桑的旅人、沉静的旁观者及画家，长年体验着此地的夏末和秋天，约有十二年之久。当葡萄开始采收时，妇女们的红头巾和小伙子们的欢呼声，会在金褐色的葡萄叶及蓝紫色的葡萄间出现。在某个无风、微阴的日子里，广阔的山谷里升起的一道属于秋日乡间的蓝色轻烟，笼罩着四下。此时此景，总令我觉得羡慕或感伤，那是属于旅人在秋天或晚年的感触。越过篱笆，看着居有定所的人采收葡萄、酿酒、将马铃薯放入地窖、嫁女儿，或在花园里随意生一小堆火，然后将森林周围刚掉落的栗子放进火中烤，都会令我感到羡慕与感伤。秋天来临时，农民及当地居民会以半欢庆的方式工作，他们唱着或模仿着从牧民或其他农民那儿学来的歌曲或祭典仪式，采收葡萄，修补木桶，点火除草，烤栗子，目送袅袅蓝烟慢慢变幻、消失，为过于澄澈的乡景增添一点神秘、隐约、温暖与希望。此时，在旅人眼中，这些农夫和居民无比美好，令人羡慕，也值得效法。这原野里的田园之火仿佛别无目的，只为了除去碍手碍脚的黑莓藤和马铃薯藤，然后以灰烬来滋养土地；或者是为了烧掉多余的栗子壳，因为对牲畜而言，栗壳是危险的，不能留在草地上。然而，农人迷迷糊糊，像做梦一般在葡萄架和桑葚丛间点燃火焰，他们似乎只是为了这种恍惚的美感，为了这种孩子气的、牧羊人式的闲情逸致而点火，为了借着如梦似幻、袅袅上升的轻烟，将远近的湛蓝、金黄、绯红等五彩缤纷的温婉景色，和谐、婉约地串连起来，让轻烟如音乐般在苍穹下轻响着。在这时节，从数日到数星期，从早到晚，这缕轻烟不断升起，缤纷的乡景因而显得迷迷蒙蒙。

我经常观察这缕轻烟以及生火的大人和小孩，看他们慵懒、漫不经心地干活，看他们带着一点点厌烦及昏昏入睡的神情，完成田里一年中最后的工作。这景象使我想起蛇、蜥蜴和昆虫，当秋来转凉时，这些动物变得嗜睡、蹒跚、缓慢，它们无所谓地进行着习以为常的工作和行径，受够了夏天，厌倦了阳光，只想着冬天，想着静歇，想着睡觉，昏昏沉沉地睡。牧牛的菲力斯，以及人称“伯爵”的富农法兰吉尼；在田里生火烤栗子，围着火用树枝钩出栗子的家伙；歌唱的孩童；爬在花朵上的蜜蜂；一片祥和、无忧无惧、简单健康、准备冬眠的大自然，以及原始农村的生活等，这一切总是令我羡慕。我的羡慕是有原因的，我很了解这种对野火和秋天的眷恋，以及这一切所带来的不由自主的快乐。曾经有几年的时间，我也是自己照顾花园，自己在园中生火，因此，秋天总让我难过。乡愁虽不是刻骨铭心，但仍深藏我心，它的光芒美化了一切，让我明白我所失去的。随意找个地方定居，耕种一块土地，爱上一块土地，分享农人和牧人简朴的快乐，分享两千年来亘古不变的农事作息，不再是一名旁观者或作画者。在我眼中，这种命运是美好的、令人羡慕的，即使我已尝试过、经历过，但同时也明白，只有这样的生活并不能使我快乐。

啊，这可爱的命运又降临我身上，就像一颗成熟的栗子掉落在旅人的帽子上，只须打开壳就可品尝栗子一样，我出乎意料地又定居了下来，虽然我不是土地所有人，但却能在有生之年一直租用它。于是我拥有了一块土地！我才在土地上盖好了房子，也搬进屋里了，如今，我又要开始在这块土地上过着我所向往的农人生活。但我不想汲汲地经营这种生活，只想随性些。我追求的是闲情逸致而非工作，我不想刨挖森林，种植植物，只想在秋天之焰的蓝色轻烟中幻想。然而，我还是种了山楂树当篱笆，也种了灌木、树和许多的花。现在，我将晚夏初秋的光阴消磨在花草与花园中，消磨在一些琐碎的工作中——修剪新长的篱笆树，准备春天的菜畦，打扫道路，清洗水源，并用杂草、细枝、荆棘、绿色或褐色的栗子壳生一堆火。

无论如何，一切就随缘吧。在生命之中，有时幸运降临，理想得以实现，内心得以满足，即使并未持续太久，也无所谓。此时此刻，我有着定居的感觉，有家的感觉，有与花木、泥土、泉水为伍的感觉，有对一小块土地负责，以及对五十株树、几畦花圃负责的感觉，这样的感觉真好。

每天早上，我在书房窗前挑拣无花果实，以便享用，然后拿起草帽、篮子、锄头、耙及篱笆剪，走入秋色之中。我站在篱笆旁，剪去高约一米、干扰篱笆的木贼属和车前属等杂草，将它们一堆堆、一团团地聚集在一起，在地上点起火，添些树枝，盖上些绿草，让火闷烧得久一点。看着袅袅轻烟如泉水般缓缓浮动着，在金色的桑树树梢间，与蓝色的湖水、山脉及天空融为一体。

耳边传来邻居农夫亲切的声响。两位老妇人站在泉水旁边洗衣边聊天，并夹杂着“天啊！”等词语来加强语气。山谷里走来一个漂亮、光脚的男孩，那是阿弗列的儿子多里欧，我还记得他是哪一年来到人间的，当时我已是蒙塔诺拉的居民，如今，他已经十一岁了。他那件洗得褪色的紫衬衫在蓝色湖水前，看起来非常美丽。他牵着四头灰牛来到秋草上放牧。牛儿用红嘟嘟、毛茸茸的嘴嗅闻着一缕缕飘到鼻旁的烟，彼此耳鬓厮磨，或者以头摩擦着桑树树干，或者跑到二十步外的葡萄架下停住，一碰到葡萄架，脖子上的小铃铛便声声响起，引来小牧人的警告。我拔起一撮草，心里虽替它难过，但我更爱我的篱笆。况且，我用手除草，还使得湿润土地上的许多植物及小生命受惠。褐色亮丽的小蟾蜍为了避开我的手，躲到一旁伸伸脖子，以宝石般的眼睛看着我。灰色的蝗虫飞了起来，飞翔时展开那蓝色砖红的翅膀。草莓丛小巧、精细的叶子里长着小白花，黄色小星星般的花蕊闪耀着。

多里欧看着他的牛，如今，他已是个不大不小的十一岁少年，他也感受到季节交替的空气、夏天的厌腻、秋收后的懒散，并迎向亟须休息、梦幻般的冬天。他安静、散漫地踱着方步，有时暂停片刻，动也不动，聪慧的棕色眼睛望着蓝色的大地，看着远方紫色山坡上亮白的村庄；有时则啃啃生栗子，一会儿又把它丢掉。终于，他在短短的青草地上躺下，取出牧笛轻轻吹了一下，试试该吹哪一首曲子。笛子只有两个音阶，但也够他吹出许多曲子。从那以树皮和木头制成的乐器里吹出的音乐，足以歌颂蓝色的风景、艳红的秋、袅袅的轻烟、远方的村庄、微微反光的湖水，以及牛儿、泉旁的村妇、褐色的蝴蝶、红色的康乃馨。那简单原始的旋律忽高忽低，令人想起诗人维吉尔与荷马；那旋律表达对诸神的谢意，以及对土地、青涩的苹果、甜美的葡萄酒、粗糙的栗子之尊崇；那旋律赞颂蓝、红、金黄交错的湖谷的清爽及远方高山的宁静，歌颂都市人不知道也想象不到的生活，那种生活既不粗犷也不可爱，没有深奥的哲理和英雄式的生活方式，但却深深吸引着每个有人文素养与英雄性格的人，因为那是失落的故园，因为那是最古老、最永恒的人类生活方式，是最简朴、最虔诚的农夫生活，是一种勤劳努力的生活，但生活里没有匆忙，没有烦忧，因为这种生活的基石是虔诚，是对土地、水、空气、四季、植物、动物活力的信仰。

我聆听着小男孩吹奏的曲调，在燃尽的火堆上铺层落叶，希望就这么永无止境地站着，无欲、安详的眼光越过金色的桑葚树梢，落在五彩缤纷的田野里。一切看起来是如此祥和、永恒，不久之前夏日的热浪才横扫过大地，不久之后，冬天的暴风雨及降雪又将侵袭它。

（1931 年）

不愿再为贪婪的死神豢养祭品

桃树

今夜，焚风无情地横扫坚忍的大地、空旷的田野与花园，吹过枯黄的葡萄藤及光秃秃的森林，摇撼了所有的枝丫与树干，狂啸过所有的障碍，将无花果树吹得咯咯作响，将一团团枯叶吹成旋涡般往上飞，吹入山洞里。第二天早上，所有能避风的地方及所有角落、墙边，都聚积着一堆堆扁平的树叶。

我走进花园时，不幸的事发生了。最大的一株桃树倒在地上，倒在陡峭的葡萄园坡上，靠近地面处的树根折断了。这种树不会变成冲天古木，也不属于巨木或神木。它非常纤细、多病，非常容易受伤害，树汁就像老贵族营养过剩的鲜血。这棵倒下的桃树并非特别珍贵，亦非绝色，它是园中最高的桃树，早在我搬到这里以前，它就以园为家了。它是我的老朋友，每年一过五月中旬就绽开花苞，宛如泡沫般的粉红色花朵，在澄蓝的晴空衬托之下，显得更耀眼。凉爽的四月里，桃树在阵阵强风中随风摇曳，舞着金色光彩的柠檬蝶左右翩翩飞绕。它顽强地抗拒邪恶的焚风，在灰蒙蒙的雨季里静静地伫立着，如梦似幻，朝地面微弯着身子。长满葡萄树的山坡上，青草经过雨天的洗礼显得更绿、更油亮。有时，我会将一根桃树枝丫带进屋里，而当树开始结果时，我则用支架撑住变得沉甸甸的桃子。早年我曾尝试画下花朵盛开的桃树，那绽放的花真是放肆得可以。年复一年，它伫立着，在我的小世界中独占一方，陪我经历酷热、寒雪、风雨与宁静。它婆娑起舞的旋律有助于谱成乐曲，它沙沙作响的声音有助于绘成图画。桃树渐渐地高过葡萄架，蜥蜴、蛇、蝴蝶及鸟儿在它枝丫下繁衍了好几世代。它既不特殊，也不显眼，但却不可或缺。桃子开始成熟时，每天早上我抄过楼梯旁的小径，走到桃树旁，将昨夜掉落的桃子从潮湿的草地上捡起来，装在口袋内、篮子里或帽子中带回家，放在露台上，让阳光将桃子晒得熟透。我那老友及老伙伴伫立之处，如今成为一个洞，我的小世界也因而有了缺口，空茫、黑暗、死亡与晦暗就在那儿虎视眈眈。折断的树干悲凄地躺着，树身看起来腐朽，树枝也在落下时折断了。如果它没被风雨吹断，也许再过两星期，就会绽开玫瑰色的花朵，伸向或蓝或灰的天空。我再也不能折枝摘花了，再也不能随性地画下它奇异的枝丫，再也不能顶着夏日大太阳从楼梯跑到树下，只为在它稀疏的树荫下暂且歇息。我找来园丁罗伦索，请他将折断的树干抬到柴房。如果下次下雨时他没事可做，就能将桃树锯成一块块柴火。我不情愿地目送他离去。啊，连树也不可靠，最后连它也会死去，终究也会离我而去，消失在无垠的黑暗中，丢下我不管。

我目送罗伦索吃力地拖着树干。永别了，我亲爱的桃树！我想，你是幸福的，至少你没死于非命，而是自然地死亡。你抗拒着，坚持到最后一刻，直到敌人将你的肢体扭断，于是你不得不放弃，应声倒地，根干分离。你没有被炸弹炸碎，没有遭魔鬼的盐酸灼伤；你并未像成千上万的树一样，被连根拔起，远离家园，连着淌血的根被匆促地植入土中，然后又马上被挖起，再度无家可归；你未曾遭遇腐败、破坏、战争与屈辱，然后悲惨地死去。你有幸拥有这样的命运。因此，我赞扬你的福气，你得以安享晚年，结局比我们的下场更好，更有尊严；我们的晚年必须与污浊世界中的毒物和悲惨抗衡，在令人窒息的污秽中搏斗，才能呼吸干净的空气。

当我看到横躺的树木的那一刻，我一如往常地想到，再种一株树来弥补失去的它。在树倒下的地方，我挖了一个洞，让它空一段时间，在大自然里接受空气、雨露和阳光的滋养，将杂草堆成的堆肥，混着木头灰烬倒进洞中，然后在一个微雨轻飘的日子里，栽下小树。这里的泥土、空气将会滋养这株小树；小树将会是葡萄树、花、蜥蜴、蝴蝶的好伙伴、好邻居；过几年，它将长出果实，每年春天五月下旬将绽放花朵；当它长成疲倦的老树，面临大限时，一阵暴风雨、山崩或雪崩会将它折断。

但这次我无法下决心栽种新树。我一生之中曾种下不少的树，少种一棵也无所谓。我的内心隐隐拒绝着，我不想在这里再度开始新的循环，再度转动生命之轮，为贪婪的死神豢养祭品。我不愿意。这个地方应该空着。

（1945 年）

1955年日记二则

3月13日

今天是星期日，窗前阳光正与升起的迷乱浓雾抗衡。我睡得很好，但仍觉得疲累、头晕，不得不在早餐时服下一些治疗心脏病的药水。突然间，我想起今天早上收音机将播出小说《克林索尔的最后夏天》的其中一章，负责播音的是一位很优秀的演员。正好，这半个小时里我可以不必做事，也无须作任何决定。妮娜来了，我就在书房的沙发上躺下。

播音的人多才多艺，读得很好。他念的是《克林索尔的最后夏天》的“卡勒诺的一天”中的一部分。播音刚开始时，我不是非常专心，慢慢地才被小说吸引。我只记得小说的片段。随后,《克林索尔的最后夏天》及全书的缘由从往日记忆的深渊里浮现。那是炙热的1919年夏天,大战后的第一个夏天,我的提契诺岁月的第一个夏天。我吃惊地听着故事,融入轰轰烈烈的回忆中。这是一部引人入胜的作品,听起来紧凑,但情节的铺陈却十分四平八稳。

在整个广播过程中,我看到自己一分为二,一个是经历克林索尔的夏天和卡勒诺的一天的我,另一个是写《克林索尔的最后夏天》的我,两个我都是非常活跃、光芒四射的小伙子,各是实际体验者和创作者。在他们眼里,所谓的过于大胆、过于困难、过于招摇都是没有意义的,他们能克服一切。那魔幻般的岁月又重现在眼前,虽是许久以前,但一切却又如此清晰。我赞叹那位画家能那样旅游、恋爱、观察、享受、畅饮和谈天,即使是他所做的百分之一,如今的我都无法承受。还有他那源源不绝的灵感,即使好几个灵感同时涌现,他也知道如何消化、如何表现,虽然呈现的方式看似天马行空,实际上却是慎重的,是狂热又冷静的、朴实又技巧纯熟的,掌控能力令人惊叹。闭上双眼，那晕眩仍隐隐缠绕着我。

听着广播，我追忆起生命的最高峰，以及那一年夏天那群令人激赏的朋友。想起他们之中许多人墓木已拱，早已为人所遗忘，而其他人也毫无音讯，想起我竟忘了那些岁月及那年夏天的一切，这是今日听广播时，最让我心痛的。神奇的魔力，那燃烧往日一切、令人哀伤的魔力！更神秘的是无法遗忘、无法消逝的过去，它似乎永恒存在，随时可从记忆深处被唤醒，又活生生地埋葬在信誓旦旦的语词之中！而那躺在沙发中微微发晕、着迷于说书人及自己故事的老人，那从时光深渊中唤起过去的自己、如今已日薄西山的老人，究竟是谁？

7月1日

夏日炎炎。经常下起大雷雨、变化多端、令人捉摸不定的夏日。栗树叶和栗子花欣欣向荣，莓果的丰收多年来罕见。我走出屋子，待在户外，让眼睛休息一下。站在屋子下方花园篱笆旁，从我经常生火的地方放眼望去，又黑又大的桑葚铺满小径，绵延不断。

我将煤块堆好，还有很多纸可以燃烧。其实，避开房子让我略为不安。明天是我的生日，屋里一大堆信件、印刷品、书籍，一些代表友谊的礼物也在几天前就寄来了。

我点起火，忙着处理堆积成山的枝丫，其中大部分还带着绿色，那是上一次暴风雨过后留下的残枝；另外一些则是春天时，林务局派来的大杀手在我的森林里肆虐的结果，到处留下的成堆树枝和树皮，足够用来生上百次的火。我将今天要烧的部分剪成一小段，较粗的枝丫就捡出来放在一旁，以备冬天之用。忙着折断树枝，让我渐渐忘了屋里的生日信件已摆了许久，反正那些信也要让我们忙上一阵子，于是一股欢娱爬上心头，取代了尚未处理信件的紧张情绪。这种欢娱，与童年过生日时那种带着期待、好奇的快乐类似。那时候没有信件，生日礼物是一卷钓鱼线、几张纸，以及菲得力叔叔店里的一瓶蜂蜜。这些都放在一张小桌子上，外加一个圆形的樱桃蛋糕，上面插着数目与我年纪相符的蜡烛。母亲牵着我的手走到桌前，大家一起唱生日快乐歌，头上的鹦鹉波丽也快乐地附和。如果能再次回到当年生日的景象，恐怕这颗老朽的心也已无法承受同样的快乐。

然而，喜悦与奇迹却是永无终止的。我专注地劈着木材，陪伴着早已死去的可爱伙伴时，夏日早晨多云的晴空里，突然射出一道如金色闪电般的怪东西，它闪着明亮的黄绿色，“咻”的一声从头顶上飞过，消失在山楂中，一会儿又飞回来，停在树枝上。那是一只鹦鹉，一只来自美好世界的陌生客人，不知从何处脱逃而飞到我的身边。

“呀！你从哪儿来？”我问它。幸好从少年时我就懂得与鹦鹉交谈。亮丽的鸟儿似懂非懂，因为我说的是波丽的语言；波丽是一只我养了二十几年的可爱宠物，一只有着灰红色的尾巴、聪明且有语言天分的非洲鹦鹉。但我说的不是眼前这只黄绿色鹦鹉的语言，所以它抬起小小的头，疑惑地看着我。当我弯下腰来，更靠近地与它说话时，它毫不畏惧地向我点点头，小小眼睛闪闪发光，恭敬地倾听我的问候和问题，简短地啾啾回答我。它开始在地上找东西吃，并靠近火堆，看起来它并不讨厌烟。我替它摘了些肥硕的桑葚，放在它的嘴前，但它却不领情，完全不理不睬。于是我继续捡柴火，拿起一枝长长的栗树枝，想剪短后丢到火堆中，不料鹦鹉好友飞了起来，在空中拍了几下翅膀，坐在树枝顶端，由上往下、煞有趣味地看着我，树枝在我手中忽上忽下地轻轻晃动着，它也无所谓。这几年来，无论一年四季的任何时刻，我在这儿观察体验了许多事，乌鸦、刺猬和蛇都曾拜访过我，还有一次是一只肥重的乌龟。但与这只鹦鹉相遇，这可爱、奇妙又亲切的十分钟惊艳，倒是前所未有的。这只有趣、闪电般的鸟儿，来自遥远的原始森林，来自比原始森林更遥远的地方，来自熟悉鸟语的童年，或者，它来自天堂森林，被人差遣前来找我？鹦鹉先生在这枝头上轻轻摇了几下，觉得没趣便飞走了，起先还停在桦树上，然后又停在篱笆上，最后飞得不见踪影。如果要写下这次奇遇所带给我的回忆、共鸣、哲思与幻想，需要很多时间。这不仅不可能写下，而且也没有必要。黄绿色的异国访客飞走许久以后，我才渐渐从魔幻中回过神来，才想到上面房子里还有事情等着我。我收拾圆锹、铲子和剪刀，肩上扛着犁，慢慢爬上炎热的葡萄园。我把东西放在书房外的露台上，伸手握住门把。然而，我仍未从生日早晨的梦幻中醒来。

露台的花岗石上长着一株高高的玫瑰，今年的花季已过，玫瑰树下长着茂盛的观音兰和老迈的百合，一个星期后就要开花了。阳光很刺眼，我在绿叶丛中看见一个黑色的东西往上飘，无声无息，阴影翩翩。那不是鸟，是一只蝴蝶，而且是稀有的黄缘蛱蝶。这种蝴蝶我有三四年没见着了。那是只才刚蛹化的美丽大黑蝶。黑蝶一下子在眼前四周飞舞，飘来又飘去，围绕着我，嗅闻着我，最后停在我的左手上。它一动也不动地收起翅膀，翅膀下是黯淡的锈灰色。随即它又展翅飞舞，露出深褐紫色如丝绒般的翅膀，翅膀上镶着杏黄色的边，高雅精致的水蓝斑点，点缀在浅色的翅缘和漆黑的翅身间。

美丽的蝴蝶以沉静的节奏，展开又收起如丝绒般的彩色翅膀，六只纤细如发的小腿，停在我的掌心。瞬间，在我来不及察觉之前，它就飞进炎热的苍穹里了。

（1955 年）

漫步暮色中

在尘埃滚滚的路上独行

暮色中，在尘埃滚滚的路上独行

夕阳西照，墙影斜长

穿过葡萄藤蔓，望见

月光洒落

在溪流，在山径

再度低吟

往日之歌

追忆数不尽的漂泊之旅

过往人影交错

多年风霜日晒

追逐着我，唤起那

仲夏夜和蓝色闪电

那暴风雨和旅途劳顿

尽管烈日炎炎

这丰饶的人世

依然吸引着我

直到来时路没入黑暗之中

对提契诺的感谢

我从来不晓得如何轻松、容易地过日子，但我总是坚持艺术的原则——居住的艺术。因为我可以选择居住的地方，多年来，我的居住环境一直是优美无比的，有时房子简陋，并不舒适，但在窗前一定有一片广阔、独一无二的景致。然而，所有的住处都比不上提契诺小屋的美。我在这儿住了三十五年，而且将永不离开它；我也只对提契诺的小屋忠诚。1907年，第一次深入认识提契诺的风景后，它一直吸引着我，迎接着我，仿佛它注定是我生命中的故乡，或是期盼已久的避难所。我在许多作品中描写提契诺，它甚至成为书中的主角。《漫游》一书，其实只为咏赞提契诺的风景而写。我将它视为故乡。我不只热爱提契诺的风景和气候，也挚爱提契诺的居民，在此落脚的这几十年里，我与提契诺居民维持着和平、友善的关系。

我常说，在很多方面，诗人是世界上最知足的生物；但在另一些方面，诗人又很苛刻，宁死也不愿放弃某些要求。以我为例，我无法接受生活周遭缺乏根本的内涵及真实的风景；我无法忍受住在现代化的都市里，住在那实用但却光秃秃的建筑中；我无法生活在纸糊的墙壁及仿造的木头之间，无法生活在充满替代品和失望之中，若是如此，我很快便会死去。我在提契诺发现的不只是赏心悦目的事物，更有孕育了数千年的文化和传统。樱桃树或榉树下光洁的石桌及石凳、栗树下的陶制酒碗和斟满葡萄酒的酒壶，配着面包和羊奶酪，在贺拉斯时代，人们已是如此地过着生活，今日，也依然如昔。

（1954 年）

《眺望波雷萨》 1926 年　黑塞绘

我的眼睛饥渴地啜饮那纯净的蓝颜色

图书在版编目（CIP）数据

我走入宁静蔚蓝的日子 /（德）赫尔曼·黑塞著；窦维仪译. — 广州：广东人民出版社，2024.3（2025.1重印）

ISBN 978-7-218-17315-3

Ⅰ. ①我… Ⅱ. ①赫… ②窦… Ⅲ. ①散文集—德国—现代②诗集—德国—现代 Ⅳ. ①I516.15

中国国家版本馆CIP数据核字（2024）第010860号

WO ZOURU NINGJING WEILAN DE RIZI
我走入宁静蔚蓝的日子
[德]赫尔曼·黑塞 著 窦维仪 译

出 版 人：肖风华

责任编辑：钱飞遥
产品经理：周 秦
责任技编：吴彦斌
监 制：黄 利 万 夏
营销支持：曹莉丽
特约编辑：邓 华 张文清
版权支持：王福娇
装帧设计：紫图图书ZITO®

出版发行：广东人民出版社
地 址：广东省广州市越秀区大沙头四马路10号（邮政编码：510199）
电 话：（020）85716809（总编室）
传 真：（020）83289585
网 址：http: //www.gdpph.com
印 刷：艺堂印刷（天津）有限公司
开 本：787mm × 1092mm 1/32
印 张：7.25 字 数：110千
版 次：2024年3月第1版
印 次：2025年1月第5次印刷
定 价：59.90元

如发现印装质量问题，影响阅读，请与出版社（020-85716849）联系调换。
售书热线：（020）87716172